幽落町おばけ駄菓子屋

春まちの花つぼみ

蒼月海里

角川ホラー文庫
19517

幽落町おばけ駄菓子屋

春まちの花つぼみ

もくじ

人物紹介
イラスト／六七質
すおう
蘇芳
謎の紙芝居屋さん。
少年の姿だが
語り口は渋い。
おぎ まや
小城真夜
マヨヒガ（迷い家）の
化身。侍口調の
執事さん。
みじょう かなた
御城彼方
幽落町で1年間過ごす
ことになった大学生。
もちろん人間。

しのぶ
忍
落ち着きのある男性。
水脈さんたちとは
旧知の仲…らしい?
みお
水脈
彼方の大家さん的存在。
"水無月堂"という
駄菓子屋を営む。
龍の化身。
ねこめ
猫目ジロー
水脈さんを熱烈崇拝
する猫背の男前さん。
正体は黒い雄猫。

イラスト／六七質

●第一話●
むこうぎしへ

目を開けると、すっかり見慣れた天井があった。カーテンの隙間から、黄昏の陽光がゆるやかに漏れていた。

「明けましておめでとう御座る」

「おはよう、真夜さん……」

寝ぼけ眼で、布団のすぐそばに正座をしていた執事姿の青年を見やる。キリッとした正統派の二枚目だ。しかし、指先を揃えて首を垂れる姿は、執事とか侍とかではない何かに見えた。

「何なの、真夜さん。新妻ごっこ……？」

「な、何を申される、彼方殿！」

「ご、ごめん……！」

我ながら嫌な発想だ。真夜さんに慌てて謝罪する。

「拙者には畏れ多い役処で御座る！　し、しかも、鼎殿のお孫さんとなど……」

「そういう話じゃないし、お祖父ちゃんは関係ないよ！」

真夜さんは亡き祖父の親友だ。人間の姿をしているけれど、迷い家というアヤカシで、家の姿の方が本質に近い。

それゆえだろうか、時折、反応がずれている。

「……お陰で、すっかり目が醒めたよ」

「お役に立てて何よりで御座る！」

屈託なく笑う様子に、「う、うん」と曖昧に頷いた。真夜さんに皮肉は通じない。

「本当に、お祖父ちゃんが大好きなんだね」

「彼方殿も、鼎殿が好きで御座ろう？」

「まあ、否定はしないけど、真夜さんほどじゃないかな……」

真夜さんの中では、まだ、お祖父ちゃんの存在が大きい。僕はまだ、真夜さんの中では〝鼎殿のお孫さん〟なんだろうか。

「彼方殿？」

「何でもない」

首を傾げる真夜さんに、作った笑顔を返してみせる。

「ええっと……」

気持ちを切り替えて、記憶の糸を手繰り寄せる。

昨夜は確か、王子に〝狐の行列〟を見に行ったのだ。

大晦日の夜、各地の狐が集まって、狐火を携えて初詣に向かうという伝承を真似て、人間が狐に扮して王子稲荷神社まで参拝に行くのだ。途中で本物の狐に出会ったりもしたけれど、それも含めて、いい思い出になった。

その後、水脈さんがうっかりすっぽかしてしまった龍頭神社の初詣に向かうために幽落町へ連れ戻されて、てんやわんやだったけど。

とにかく、今日は新年の初日。元日だった。

「改めて、明けましておめでとう」

寝間着姿で真夜さんに頭を下げる。真夜さんもまた、「おめでとう御座る」と返してくれた。

「着替えの準備はこちらに。早く着替えて、水無月堂に参るで御座るよ」

「そうだね。水脈さんと猫目さんにも、改めて新年の挨拶をしなきゃ」

「それに、おせち料理も待っているで御座る」

そう言った真夜さんは、なぜか自信満々に胸を張ってみせたのであった。

水無月堂に行くと、ちょうど白尾さんが出てくるところだった。神主服の上に羽織をまとい、髪はきっちりとなでつけていた。

「明けましておめでとう御座います。昨晩はお世話になりましたな」

「こ、こちらこそ……」

水脈さんのすっぽかしの一因でもある僕は、気まずさを胸に頭を下げた。

「えっと、水脈さんに挨拶をしに？」

「ええ。昨晩済ませたから良いというものではありません。こういうことは、きっちりと行わなくては」

「そ、そうですね」

白尾さんは満足そうに頷く。ついでとばかりに水脈さんには、お小言をたっぷり伝えたんじゃないだろうか。きっと、祭神の自覚が足りないとか何とか。

「白尾殿は働き者で御座るなぁ」と真夜さんは言った。

「幽落町の神社を守るものとして、当然のことですな。では、お二方とも、またお会いしましょう。私は神社に戻らなくては」

「まだ、初詣の参拝客が来るんですか？」

「それもありますし、餅(もち)つき大会の支度をせねばならんのです」

「餅つき大会？」

「ええ。毎年、元日は龍頭神社で餅つきをして、今年一年の健康を祈願するのです」

白尾さんは「では」と会釈して、いそいそと龍頭神社へ戻ってしまった。

僕らが敷居をまたぐと、「おや。明けまして、おめでとう御座います」と紬(つむぎ)姿の綺(き)

麗な人——水脈さんが笑顔で迎えてくれた。少しばかり疲れて見えるのは、初詣客の応対と白尾さんのお小言が原因なんだろう。

「昨晩はお疲れ様……。何か手伝えることがあったら言ってよ。僕も、水脈さんと一緒に王子で楽しんじゃったし」

同罪かなって。と、申し訳ない気持ちで舌を出す。

すると、水脈さんは店先を指し示した。

「お心遣い有難う御座います。しかし、ほら」

店先には〝本日はおやすみします〟という筆書きの貼り紙がされていた。

元日ともなると、さすがの水無月堂も休業するらしい。もっとも、〝御用の方は裏からお回り下さい〟と書き添えてあったから、駄菓子を求めてくるお客さんの相手をする気は満々のようだけれど。

「彼方さんは今の時間までぐっすりですかい？　元日から寝坊ったぁ、いい身分だ。ピーナッツの方がよっぽど使えるんじゃねーですか」

新年早々、店の奥から猫目さんの毒舌が飛んでくる。今日は猫の姿ではなく、猫背の美青年だった。

「なんでそこにピーナッツが出てくるのさ」

「そうやって頰を膨らませてるところなんて、ピーナッツにそっくりですぜ」

「……待って、猫目さん」

「あん？」

「その〝ピーナッツ〟って、あの殻を被ったやつのこと？」

「そうですぜ。よくわかってるじゃねーですか」

つーんと猫目さんは澄まし顔だ。そんな猫目さんに、「分かってない。分かってないよ、猫目さん！」と僕は詰め寄る。

「な、なんです。顔が近いですぜ」

「ずっと我慢してたけど、もう我慢ならない！　言っておくけど、殻を被ったのは落花生なんだよ！　殻を剝いて薄皮状態になったのを南京豆、薄皮も剝いたものをピーナッツって呼ぶんだ！」

「細かっ！　どれも変わらないじゃねーですか」

「変わるよ！　全然違うだろ！」

「あー、分かった分かった！　分かったから、暑苦しい顔を近づけねぇでくだせぇ」

猫目さんは両手を上げて降参をする。それでいい。今後とも、ピーナッツの扱いには気を付けて欲しい。あれは千葉県の宝なのだから。

「せっかくなので、おせちにピーナッツみそを入れてみたのですよ」

水脈さんは小ぢんまりとした卓袱台にめいっぱい広げられたおせち料理を示す。重箱五段分という、とんでもなく豪勢な仕様だ。

エビに伊達巻き、かまぼこに黒豆。昆布や数の子などの定番具材の中に、カラメル色の塊がそっと寄り添っているのを見つけた。味噌だ。味噌の塊の中にピーナッツが絡められている。

「本当だ。ピーナッツみそだ！」

「彼方君はお好きかと思いまして」

「うん、大好き！　東京じゃ見つからなくてさ。うわー、嬉しいな」

思わず目を輝かせる。ピーナッツみそといえば、千葉県の学校給食では定番中の定番のメニューだ。実家でも母が度々買って来ていたけれど、上京以来、すっかりご無沙汰だった。

「ピーナッツみそねぇ。千葉県民のソウルフードってやつですかい？」

猫目さんは、「やれやれ」といった様子でぼやいた。

「旦那が用意してくれたんだから美味いに決まってますがね。それでも、そこまで喜ぶもんですかね」

言いながら、ひょいと箸をピーナッツみそへと伸ばす。「こら、お行儀が悪いですよ」と窘める水脈さんの前で、猫目さんは一粒つまみ食いしてしまった。

「……こ、これは！」

猫目さんが目を見開く。

「味噌という割には、甘さが主軸になっていて、けれど、しつこくない。ピーナッツの食感とナッツ独特の甘みを最大限に引き出す、完璧な味じゃねーですか……！」

猫目さんは、ドシャァとその場にくずおれた。

「完敗です。小生の完敗ですわ……」

「そんな、大袈裟な」

ピーナッツみそを食べてここまで感動する人は初めて見た。

「拙者もおせち料理を手伝ったので御座るよ。その証拠に、ほら」

横からひょいと顔を出した真夜さんが、おせちの中を示す。確かに、牛たんや笹かまぼこも入っている。片隅に添えられた綺麗な草色の塊は、ずんだ餡だろうか。

「へぇ、仙台名物も入れたんだね。豪勢だなぁ」

「萩の月も入れたかったので御座るが……」

「ふふ、萩の月はお菓子ですしね。ごはんの後に頂きましょう？」

水脈さんは苦笑交じりに言った。真夜さんのことだから、他の名産品も入れようとしたに違いない。仙台の食べ物は、僕もお祖父ちゃんが住んでいたこともあって好きだけど、お菓子ばかりおせちに入れられても困ってしまう。

「さて。ジローが先に召し上がってしまいましたが、我々も頂きましょうか」

「はーい。いただきます」

僕は手を合わせてから、早速ピーナッツみそに手を伸ばす。水脈さんもまた、黒豆を器用に箸でつまんでいた。

「そう言えば、彼方君」

「うん？」

「本日は何処かに参られる予定はあるのですか？」

水脈さんの問いに、僕は「うーん」と逡巡する。

「どうせ、寝正月でもするつもりだったんじゃねーですか？」

茶化す猫目さんに「そんなことないよ！」と反論した。

「彼方殿はもう寝ないで御座るよ。さっきまで、ぐっすりで御座ったから」

「真夜さん、余計なことを……」

呻きながらも、考えを巡らせる。せっかく東京にいるのだ。今、東京でしか味わえないことをしたい。

「あ、そうだ。浅草寺に行きたいかも」

「浅草寺？　あの、浅草の？」

「うん。成田山新勝寺みたいにすごく混んでるのは知ってるんだけど、どれくらいのものか見てみたくて」

「彼方さんみたいな田舎者が行ったら、はぐれちまうんじゃねーですか？」

猫目さんはピーナッツみそを頬張りながら言う。うかうかしていると、全部食べられてしまいそうだ。

「やっぱり、危ないかなぁ」

「はぐれた時のために、あらかじめ、集合場所と時間を決めておけば問題御座いません。参りましょうか」

水脈さんの微笑みがあたたかい。嬉しくなって僕は訊き返した。

「いいの？」

「勿論ですよ。彼方君にお正月を楽しんで頂きたいですし」

「拙者も浅草寺に赴きたいで御座る！」

「ええ、真夜君も是非」

水脈さんが頷いた。猫目さんだけが億劫そうにぼやいている。

「はん。まーた、寒い中に外出とは、ご苦労なことで」

「猫目さんは行かないの？」

「浅草寺ですぜ。正月の浅草寺。毎年、テレビでやばい状況なのをやってるじゃねーですか」

「そりゃあ、そうだけど」

「それなのに行くなんて、正気の沙汰じゃねぇ。あ、旦那は彼方さんに誘われちまったから仕方ねぇし、お可哀想ですがね？　とにかく、なんで小生が、新年早々人混みに揉まれなきゃ……」

言いかけたところで、水脈さんと目が合った。「ジローも来て下さると、私は嬉しいのですが」と遠慮がちに言う。

「行きやす」

即答だった。

「旦那のためでしたら、浅草寺だろうがスカイツリーだろうが行きますぜ」

「ああ。スカイツリーもいいですね。ソラマチでは初売りをやっているでしょうし」

「初売りかぁ。僕、あんまり行ったことがないんだよね」

思い返してみれば、実家で過ごす正月は、のんびりとしたものだった。初詣も初売りも、混むのが分かっているからわざわざ出向いたりしなかった。

こういうお正月もいいかもしれない。

そう思いながら、僕はすっかり量の減ったピーナッツみそを、かき集めて口にした。

「午後から龍頭神社で餅つきがあるので、それまでには戻らなくてはなりませんね」

　水脈さんはそう言って、僕らを引き連れて水無月堂を出る。ひんやりとした風に、思わず身を竦めてしまった。

「また忘れたら、白尾のおっさんに怒られちまいますもんね」

「ええ。白尾に迷惑をかけないのは勿論のこと。それに私は、皆さんとお餅を頂きたいですし」

　水脈さんは微笑む。

「お餅といえば、餡子で御座るな。拙者はずんだ餡を推したいところで御座る」

「ずんだ餅は好きだけど、お正月のお餅と合わせるのはちょっと違うかなぁ」

　つい苦笑が洩れてしまうが、真夜さんはそれには気が付かずに目を輝かせる。

「彼方殿は、どのような〝とっぴんぐ〟が好みで御座るか？」

「僕は餡子よりもきなこ派かな」

「きなこは咽るじゃねーですか。小生はあべかわ餅が好きですがね。旦那は？」

「私は、どの子も大好きですよ。しかし、敢えて選ぶとしたら、おしるこでしょうか。つぶつぶの餡子にとろとろのお餅を絡ませて食べると、幸せになれます」

　水脈さんの片手はすっかりお椀の形になっている。表情なんて夢見心地だ。きっと想像の中ではもう、おしるこを食べているのだろう。

「小生は、そんな旦那を見ているのが一番幸せですがね」

「猫目さん、新年早々ぶれないなぁ」

「それほどでも」

僕らのやり取りに、水脈さんはくすりと笑う。

「褒めてないし」

「それにしても、餡子の話となると、あの子を思い出しますね」

「ああ、あのお方ですか。餡子とか羊羹になると、目の色を変えやがりますからね」

猫目さんも思い当たるのか、うんうんと応じている。

「あの子……？」

首を傾げる僕と真夜さんに、水脈さんと猫目さんがそっと顔を見合わせた。

「っと。……まあ、こっちの話ですわ」

「以前、幽落町に居た子のことです」

「今はいないので御座るか？」

不思議そうな真夜さんに、「ええ」と水脈さんが頷いた。

「全国を歩き回ってるんですわ。たまーに文を寄越して来るんですがね。その土地の銘菓とともに」

「へぇ。律儀なお方で御座るなぁ」

「ま、律儀過ぎるというか、もうちょっとテキトーでもいい気がしますがね」

猫目さんのぼやきに、水脈さんはほんの少しだけ、困ったような笑みを見せた。気になったけれど、容易に立ち入れない雰囲気だ。曖昧なまま「そっか」と相槌を打って、話題を切り上げる。

幽落町の商店街には、それぞれの店先に門松が点々と並んでいた。けれど、どこも戸やシャッターをきっちりと閉めている。馴染みの八百商店も例外ではない。正月はちゃんと休む主義なのだろう。せかせかと店を開けているのは浮世の人間くらいか。

「あ、水脈さま！」

「かなたおにーちゃんとねこめおにーちゃんと、ござるもいる！」

子供の声に足が止まる。

見ると、シャッターが下ろされた八百商店の勝手口の方から、狸の兄弟がちまちまとやって来るではないか。

「みなさん、あけましておめでとうございます」

「おめでとーございます」

幼い兄と弟が、ぺこりと頭を下げる。僕らも「おめでとう」と会釈した。

「これからお出かけ？」

兄狸の問いに、「そうですよ」と水脈さんが頷いた。

「浅草に行くのです。初詣にいらっしゃった人たちを見に」

「初詣じゃなくて、人を見るのがメインかぁ……」

　言いだしっぺの僕はしみじみとしてしまう。

「まあ、旦那（だんな）は聡明（そうめい）なお方ですからね。人ごみがやばくて初詣どころじゃねぇというのは分かってるんでしょ」

「なるほど。人間観察ということで御座るな」

　真夜さんはいつもどおり大真面目に、ずれたコメントをくれる。というかまさか、狸の兄弟に〝ござる〟などと呼ばれているとは。

「浅草かぁ。楽しそう。僕たちはね、これ」

　狸の兄は、弟が抱きしめているものを指さす。

「凧（たこ）？」

　そう。やっこさんの凧だった。

「凧をあげに行くの」

「おとうさん、じょうずなんだよ。去年、空の向こうまでいっちゃいそうなくらい飛ばしてたの」

　弟の方も目をキラキラさせている。

「凧あげは良いですね。でも、電線に引っ掛けないように、気を付けてくださいね」

「はーい」

兄弟は声を揃えて返事をする。二人に見送られながら、僕らはその場を後にした。

「爪あげかぁ。小学生の時にやったきりだな」

「ふふ。帰ったら、彼方君も爪あげを致しますか？　うちにまだ御座いますよ」

水脈さんがほほ笑む。ちなみに、兄弟の爪も水無月堂で買ったらしい。

「それじゃあ、お言葉に甘えて。こう見えても僕、かなり上手かったんだよ」

「血が騒ぐっていうやつですかい。当時ほど若くねぇんだから、無理しないでくだせぇよ。電線に引っかかったら面倒だし」

「その時は、猫目さんが取ってくれるかなぁ、なんて……」

「そんな命令をしようもんなら、彼方さんをでかい爪に括り付けて、お空の向こうにあげちまいますがね」

「ご安心召されよ、彼方殿！　拙者も大爪をあげるのを手伝うで御座るよ！」と、真夜さんは胸を張る。

「僕をあげるのを手伝わないでよ！　せめて、僕があげるのを手伝ってよ！」

「お空から幽落町を眺められるのは良いかもしれませんね。羨ましい限りです」

「水脈さんまで……！」

とはいえ、真夜さんと水脈さんに悪気は微塵もない。元凶は猫目さんだ。天然な二人が偶然味方についてくれたのをいいことに、猫目さんはにやにやしている。

「彼方さん、知ってます？　凧ってある程度の高度で糸を切ると、上昇気流に乗ってどこまでも飛んでいくんですぜ」

「そんなことされる前に逃げるし……！　というか、僕を乗せて飛ぶような大凧なんて現実的じゃないし！」

「んなの、作ってみないと分からねーじゃねぇですか」

猫目さんはすまし顔だ。そんな凧は一生完成しないで欲しい。

そんな調子で幽落町のアーチを潜り、浮世に出た。

むわっとした熱気が僕たちを襲う。

浅草寺前。陽光に照らされた雷門があった。

その手前に、これでもかというほど人が溢れていたのである。いや、溢れているというレベルではない。門の先までみっしりと埋め尽くされていた。

「ひぃ！　なんつー人混みだ。旦那、大丈夫ですかい？」

「私は大丈夫です。皆さんは御無事ですか？」

水脈さんの控えめな声は、喧騒にすぐかき消されてしまう。警察が拡声器を持って誘導してくれているけれど、参拝客の声に混じってしまってよく聞こえない。

「僕はこっちだよ！　真夜さんは？」

「こちらで御座る。まるで合戦場のようで御座るなぁ！」

背の高い真夜さんが、僕の腕をぐいっと引っ張る。雷門から少し離れると、人口密度もかなり落ち着いた。

「仲見世通りを歩くのは難しそうですね。脇道から参りましょう」

水脈さんはすっかり皺くちゃになった紬の袖を伸ばしながら、人で埋め尽くされている仲見世通りを見やる。普段だったら、通りに並んだお土産物屋さんを物色しながら行くのだろうけど、今日はそんな余裕は皆無だ。

「そうだね。命が惜しいし……」

「舟和の羊羹を頂きたかったのですが、致し方ありません……」

水脈さんはがっくりと肩を落とす。

「旦那、本店で買いましょ。多少歩きますが、揉まれることはありませんぜ」

「そうですね。人形焼きの食べ比べも、我慢致します……」

「水脈さん。もしかして、仲見世通りにある人形焼き屋さんの人形焼き、全部食べる気でいたの？」

水脈さんは頷く。確か、仲見世通りにはたくさんの人形焼き屋さんが並んでいたはずだ。幽落町に帰ればお餅が待っているというのに、何たる余裕だ。

僕らは先導してくれる真夜さんの背中を頼りに、仲見世通りの脇道をゆく。脇道とはいえ、避難してきた人達の数も馬鹿にならない。人を掻き分けながら、なんとか浅草寺まで辿り着いた。

立派な門を潜ると、豪奢な拝殿がそびえていた。参拝の列はあまりにも長く、最後尾が行方不明だ。

「来たからにはお参りをしたかったんだけど、さすがにこれ、並ぶのはきついなぁ」

「まあ、小生らは王子稲荷神社で初詣を済ませちまってますからね。あんまりあっちこっちにお参りをするのも浮気者っぽくてよくないんじゃねーですか？」

「うぅん、確かに」

猫目さんは参拝客の列に目もくれず、猫背のままひょいひょいと歩いて行く。

「さて。王子稲荷では出来なかったことだし、あれをやるのはどうです？」

猫目さんが指を指した先には、人だかりが出来ていた。

「おみくじで御座るな」

「ああ、おみくじかぁ。何か物足りないと思ったら！」

神社仏閣に来たのなら、おみくじをやらないと始まらない。僕は猫目さんに続いた。

「ま、小生は大吉に決まってますがね。彼方さんは小市民らしく、小吉がお似合いなんじゃねーですか？」

「おみくじは勝負じゃないし……！　それに、小吉だって吉の端くれ。いいものには違いないんだからね」

「ハン。精々、小吉で満足してればいいですぜ」

「そんなこと言って、僕に大吉が出ても知らないよ」

売り言葉に買い言葉である。すっかり、僕たちの対抗意識は燃え上がっていた。

「お正月のおみくじは、いいものばかりを入れていると聞いたことが御座る。お二方とも、大吉だといいで御座るなぁ」

真夜さんはのんびりと言った。

「分かってねーですね。二人とも大吉じゃダメなんですぜ」

猫目さんが無人販売所の硬貨入れに百円硬貨を投入し、おみくじを引く。僕も隣のおみくじを引いた。

「そうそう。白黒はっきりしなきゃ」

出て来た木の棒の先に番号が書いてある。その番号が振られた引き出しを開け、中に収められている紙を一枚頂くのだ。

「彼方さん。いっせーのせ、で見せ合いましょうか」

「望むところだよ」

僕と猫目さんは伏せた紙を手に、火花を散らす。

お互いに、自分の紙に何が書かれているか分からない。でも、猫目さんには負けたくないし、負けてないという確信があった。

「行きますぜ。いっせーの」

「せっ！」

僕らのおみくじに記された文字。それは、〝凶〟だった。

「えっ！」

「ちょ、ちょっと待って！」

猫目さんは目を擦る。僕も目をぱちくりとさせる。何度見ても、二枚の紙に同じ文字が書かれている。――〝凶〟と。

「真夜さん！　凶が出たよ！」

「な、なんと！　おかしいで御座るな……」

動揺する真夜さんの横で、水脈さんがちょっと困ったように微笑んだ。

「確か、浅草寺のおみくじは、いつもと同じ割合――お正月でも凶が入っていると聞いたような気がします。観音百籤（かんのんひゃくせん）というおみくじで、昔ながらの比率のようですね。凶を引く方があまりにも多いので、凶を多く入れているのでは、なんていう噂があるようですが」

「だからって、今、このタイミングで凶が出ることないじゃねーですか！」

「そ、そうだよ。待ち人は来ないし、家が焼けるって書いてあるよ！」

「あのアパートが焼けるのは困りますね……」

水脈さんの顔が曇る。そもそも、アパートの持ち主は水脈さんだった。

「いいや。その家というのは、まさか拙者では……」

真夜さんは戦慄する。

「それはないと思うよ!? というか、真夜さんが焼けそうになったら、すぐ水をかけるから安心して！」

「火だるま執事ったぁ、洒落にならねーですからね」

猫目さんもまた、青い顔でつぶやいた。

そんな中、水脈さんはこほんと咳払いをする。

「まあまあ。皆さん、落ち着いて下さい。おみくじとは、いわゆるアドバイスや戒めのようなものです。内容が実現されるわけでは御座いません」

「でも、凶って……」

「凶は、日頃の行いに気をつけていれば、吉と転じます。それに、後はよくなる一方と捉え、商売をする方には歓迎されたりもするのですよ」

「へぇ、そうなんだ」

僕と猫目さんは顔を見合わせる。願望は叶い難く、病は長引き、失せものは出難いと書かれたおみくじは、どんよりと負のオーラを放っていた。

「い、いいものだと思うのは難しそうだけど、これから良くなると思えば、そ、そんなに怖くないかな……」

「気になるようでしたら、結んで行けばよいのです。ほら」

水脈さんが指し示した方には、おみくじが沢山結び付けられたオブジェがあった。今も、何人かの男女が必死になって結んでいる。彼らも、僕達と同じく凶を出してしまったんだろうか。

「凶のおみくじを利き手と逆の手で結ぶことによって、困難を達成したとされて、凶が吉に転じるという説も御座います。彼方君もジローも、試してみては如何ですか？」

「そ、そうだね。猫目さん、早速——って、もういない！」

猫目さんは、既に猛然と結びにかかっていた。僕も慌ててそれに続く。

「そう言えば、おみくじを結ぶことによって、その神社やお寺と縁を結ぶという話も聞いたことがあるで御座る」

後方で僕たちを見守っていた真夜さんが、そんなことを言った。水脈さんは頷く。

「そうですね。浅草寺は観音様をお祀りしているので、観音様と御縁を結ぶことになるのです。慈悲をお持ちの方ですから、もし、よくないことがお二人に迫っていたとしても、きっと手を差し伸べてくれるでしょう」

水脈さんの話を聞いた僕は、猫目さんと顔を見合わせる。

「観音様って……何だか、水脈さんみたいだね」

「ええ。旦那こそ、衆生を救う菩薩様ですから」

「縁を結ぶんだったら、ちゃんとお参りをした方がいいかなぁ」

「んー。五円玉の一枚くらい、投げておきましょか」

参拝客の列は途切れる気配がない。でも、おみくじだけ引いて帰るのも気が引けた。

「とにかく、これを結んだら……」

水脈さんと真夜さんに断って、最後尾に並ぼうか。

そう続けるはずが、つい、無言になってしまった。おみくじが硬く、利き手じゃない上に、寒さで手がかじかんで上手く結べないのだ。

「彼方さん、不器用ですね」

「猫目さんだって、まだ結びきれてないじゃない」

ぎゅっと先端を引っ張り、きつく結び付けようとする。その瞬間、ばりっという不吉な音が響いた。

「ひぃ、破けた！」

「あっはっは！　彼方さん、だっさ！」

猫目さんが声をあげて笑う。次の瞬間、びりっという悲しい音が聞こえてきた。

「ああっ！　小生のおみくじが！」

「ほら、人を笑うからそうなるんだよ」

「あわわわ、彼方殿と猫目殿のおみくじが。大丈夫で御座るか⁉」

真夜さんが慌ててやってくる。僕らの手には、真っ二つになった哀れなおみくじがぶら下がっていた。

「これが大丈夫に見えるなら、相当なお花畑ですぜ、みちのく執事……」

「ぼ、僕は大丈夫。全然だいじょうぶ……」

「彼方殿、目が死んでいるで御座るよ！　大丈夫では御座らん！」

真夜さんにがくがくと肩を揺さぶられる。抵抗する気力も消え失せて、僕はされるがままだ。

「くっ、かくなる上は、拙者がとっておきのものを貰って来るで御座るよ！」

「とっておき？」

僕の問いに、真夜さんは得意げに言った。

「ご飯粒で御座る！　ご飯粒でくっつければ、きっと元通りで御座る！」

「やめて！」

「仮にご飯粒をくれる相手に出会ったとして、こんな事情を説明されたら、小生は恥ずかしくて外を歩けなくなりますぜ！」

燕尾服(えんびふく)の裾(すそ)をひるがえして走り出そうとする真夜さんを、僕と猫目さんは全力で止めたのだった。

結局、水脈さんの「お持ち帰りをして、ご自分を戒めるのに使うというのもよいかもしれませんね」というアドバイスに従い、僕と猫目さんは無残に千切れたおみくじを持ち帰ることにした。

浅草寺を後にした僕らは、朱色に塗られた吾妻橋(あづまばし)からスカイツリーを目指す。橋の上にも、やはり人が多い。晴れ着姿の男女もいて、実に華やかだった。すぐ下に幅広の隅田川(すみだがわ)が流れている。そこを往く水上バスも人でいっぱいだった。

「テレビで見たとき不思議に思ったんだけどさ。どうして、あそこに觔斗雲(きんとうん)があるんだろうね」

僕はスカイツリーの前にそびえる建物を指さす。黄金の輝きを放つビルの隣に、不思議な建造物があった。黒い器のようなものの上に觔斗雲が載っているのだ。

「あれは炎ですね。お隣のビルは大手ビール会社さんの本社なのです。そして、あのオブジェは、ビール会社さんの跳躍する心の象徴だそうですよ」

「言われてみれば、炎に見えるような……」

「まあ、どっちでもいいんじゃねーですか？　觔斗雲でも跳躍の心は表わせますし」

猫目さんは身も蓋もないことを言う。

「本社ビルはジョッキを模しているそうです。上の部分が白くなっているでしょう？」

「あ、本当だ。上の方、泡っぽくなってる」

随分と凝った造りだ。長年気になっていた「なぜ浅草に觔斗雲があるのか」という謎が解けて本当によかった。

「ご覧くだされ。凧があがっているで御座るよ！」

真夜さんが指し示した空には、誰があげたのだろうか、昔ながらの凧が気持ち良さそうに泳いでいた。狸の兄弟も、今頃はあんな風に凧をあげているんだろうか。

「いつもはお忙しそうな東京の空も、今日はおやすみのようですね」

「そうだね。水脈さんの言うとおり、なんだか、空がのんびりしてるみたい」

凧は風に揺られながら、どんどん空高くのぼっていく。そのまま、雲に届いてしまいそうだった。

その下を、水上バスがしぶきを上げて走る。向かう先には、恐竜の背中みたいな橋がいくつも連なっていた。

「手前の橋が駒形橋、その向こうの橋が厩橋ですね」

水脈さんは僕の視線の先に気付いて教えてくれる。

「厩橋？　厩って、馬を置いておくところだっけ？」

「ええ。厩橋は、その近くにあった厩にちなんで名づけられたそうです。何でも、米蔵の米を運搬するためのお馬さんがいたんだとか」

よく見れば、その向こうにも幾つか橋が見える。隅田川には橋が多い。それだけ、このあたりが発展していて交通量が多かった、ということなんだろうか。

「それにしても」

猫目さんはぽつりと呟く。

「吾妻橋、結構新しくねーですか？　この辺の町って、由緒正しいところでしょ？　この橋も、江戸時代からあるもんだと思いましたけど」

「ええ。橋の名前自体は、江戸時代の頃から御座いました。東国――つまりは、関東地方を総称する〝あずま〟にちなんで名づけられたとか。本所の吾妻神社に所縁があるという説も御座いますがね」

水脈さんは頷く。

「橋自体は江戸時代からあった感じじゃないよね。もしかして、万世橋みたいに掛け替えられたの？」

前に見た神田と秋葉原を結ぶ橋を思い出す。水脈さんは、「ええ」と頷いた。

「最初は木製の橋だったのです。しかし、大洪水で流されてしまいましてね」

「そうなんだ……。それで、今の橋になったのかな」

「いいえ。その後に関東大震災が御座いまして……」

水脈さんは言葉を濁す。関東大震災といえば、万世橋駅も被害をこうむったという大災害だ。

「首都が壊滅状態になった災害で御座るな。たしか、発生したのがお昼時だったがゆえ、炊事の火が移って火災が酷かったとか……」

「ええ。ほとんどの建物は焼け落ちてしまいました。当時、浅草には十二階建ての高層ビルが御座いましてね。〝凌雲閣〟という名前は、御存知ですか？」

僕と猫目さん、そして、真夜さんは顔を見合わせる。

「〝浅草十二階〟とも呼ばれた、レンガ造りの立派な建物です。上は展望台になっておりましてね。遠くのお山まで見えたそうなのですよ」

「昔のスカイツリーって感じだね。まあ、電波塔じゃないんだろうけど」

吾妻橋の向こうにそびえるスカイツリーを見やる。スカイツリーがあるという押上まで少しばかり距離があるというのに、物凄い迫力だ。先端はちょっとだけ雲を被っていて、その高さを誇示していた。

「十二階って言ったら、結構な高さじゃねーですか。今あったとしても、相当目立ってるはずですぜ」

猫目さんは浅草の空を見やる。高い建物がぽつぽつとあるものの、空を覆うほどではない。凌雲閣があれば、今もきっと、その頭がここから拝めたことだろう。

「それも、関東大震災でなくなっちゃったの？」

「そうなのです。お腹からぽっきりと折れてしまいまして。解体を余儀なくされたのですよ」

「そっかぁ……」

見たことのない、十二階建ての建物を思い描く。レンガ造りということは、東京駅みたいに高級感のある赤で統一されているんだろうか。ガラス張りのスマートなビルとは違い、どっしりとして、さぞ迫力があったことだろう。

「この橋も一度、関東大震災で焼け落ちてしまったのです。今の吾妻橋は、それをかけ直したものなのですよ」

「そっか……、大惨事だったんだろうね……」

火事から逃れようとして、橋を渡った人もいたことだろう。そんなときに焼け落ちたのなら、逃げ惑う人たちは、きっとひとたまりもなかったに違いない。

僕らの横を親子連れがゆき過ぎる。幼い息子さんと娘さん、そしてお父さんとお母さんの四人で、仲良く手をつないで浅草方面に向かうところだった。そんな平和な光景を眺めていると、とても同じ場所で惨(むご)い災害があったようには思えない。

「火による災害にしろ、水による災害にしろ、ひとは無力で御座るからなぁ」

呟いた真夜さんの視線は、隅田川の先にある東京湾の方に向いている。

真夜さんがいた東北は、数年前に東日本大震災で大きな被害を被っている。山にいた真夜さんも、その話を聞き及んでいたかもしれない。いつもは澄んで明るい瞳が、今は悲しみに曇っているように見えた。

しばらく、僕らは無言で吾妻橋を歩いていた。遠慮がちに口を開いたのは、猫目さんだった。

「それにしても旦那。小生ら、普通に押上に向かってますがね。東京スカイツリーには何しに行くんでしたっけ」

「初売りの福袋を買いに行きたいのです」

「福袋？」

水脈さんの言葉に僕は首を傾げる。福袋の意味が分からなかったわけではない。

「福袋っていうと、色んな服が入っているあれだよね。スカイツリーに着物屋さんなんてあったかな……」

あったとしても、福袋をやっているんだろうか。水脈さんは和服にしか用がないだろうし、そこは重要なところだ。

ところが、水脈さんはゆるりと首を横に振った。

「お菓子の福袋が欲しいのです。スカイツリーは、和菓子屋さんも入っていたでしょう？　これを機に、ひととおり食べてみたいと思いまして」

「ああ、なるほど。水脈さんらしいや」

「彼方君達も、気になるお店がありましたら言って下さいな。新しくお気に入りのお店を見つけましょう」

水脈さんは繊細な拳をきゅっと握り締める。

いつもの調子を取り戻した僕らは、東京で一番高い塔へと向かったのであった。


東京スカイツリーは案の定、人でごった返していた。その麓の商業施設もひどいものだった。普段は広いはずの通路も、人、人、人で歩くのも一苦労だ。

「うひー。三人とも、待って」

「彼方さん、チンタラ歩いてると置いていきますぜ」

「彼方殿、拙者の手におつかまり下され！」

真夜さんが差し伸べてくれた手を取ろうとした瞬間、その白手袋をはめた手もまた、人混みに巻き込まれて消えてしまう。

「お、お三方とも、いずこへ行かれたので御座るか！」

「真夜君が押し流されているのですよ！　皆さん、通路脇に避難致しましょう」

水脈さんの指示で、僕らは通路脇に集まる。真夜さんの整えた髪は、すっかり乱れて遅れ毛が立っていた。

「か、彼方殿、ご無事で御座るか！」

「僕は無事だけど、真夜さんが無事そうじゃないよ」

「……江戸は恐ろしいところで御座る」

「真夜さん、徳川政権はとうの昔に終わってますぜ」

猫目さんは涼しい顔をして真夜さんを小突く。衣服の乱れは見られない。さすがは東京猫、人ごみに慣れていた。とはいえ、浅草寺では揉みくちゃにされていたけど。

「それにしても、こんなに人が多いと福袋どころじゃないよね、水脈さん」

水脈さんの方を振り向いた――はずだったけれど、その姿がない。

「み、水脈さん？　まさか、はぐれちゃったとか？」

しっかり者の水脈さんだから、そんなことはありえないと思いつつも、慌てて辺りを見回す。

すると、和菓子屋さんの看板が目に入った。店頭にはどら焼きや最中、そして福袋が山と並べられていて、人だかりができている。

その中に、あの優美な和服の背中があった。

「水脈さん、早っ！　お店に目をつけるの、早っ！」

「いつの間にか並んじまってるったぁ、さすがは旦那」

猫目さんは、惚れ惚れとした目でその後ろ姿を眺めている。

しばらくして、水脈さんは紙袋を二つばかり抱えて戻ってきた。

「お待たせしました。水無月堂に戻ったら、これを皆さんで分けましょう」

満面の笑みで言う。この上もなく幸せそうで、僕まで嬉しくなってしまう。

「僕らの分も買ってきてくれたんだ。ありがとう！」

「旦那、重いんじゃねぇですか？　小生が持ちますぜ」

「いやいや、拙者が」

髪を整えた真夜さんが名乗りを上げる。

「なぁんで、しゃしゃり出てくるんです。みちのく執事」

「雑用を引き受けるのは、拙者の役目だからで御座る」

水脈さん好きの猫目さんと、世話好きの真夜さんが火花を散らす。と言っても、殺気立っているのは猫目さんだけで、真夜さんはそれを全く察していないようだけど。

「それじゃあ、じゃんけんで決めましょうぜ。グーで相手を沈ませた方が勝ちってことで」と、既にグーを作っている猫目さんが言う。

「なるほど。じゃんけん〝ですまっち〟で御座るな！」と、ほぼ意図を理解していないと思しき真夜さんが受けてしまう。

「こんなところでデスマッチを繰り広げないで！　というか、それはじゃんけんじゃないよ！」

僕は慌てて、二人の間に割って入った。

「なんです？　彼方さんも旦那の荷物を持ちたいんで？」

「なんでそうなるの⁉　そりゃあ、水脈さんの役には立ちたいけど、他に希望者がいるなら喜んで譲るよ！」

「そうそう。彼方さんはちゃんと弁えてやすね」

猫目さんがうむうむと頷く。褒められているんだろうけど、嬉しくない。

「あの……」

すっかり困り果てて眉尻を下げた水脈さんが口をはさむ。

「お、お気持ちは大変嬉しいのですが……。その……、お二人で一つずつ持って頂くのでは、いけないのでしょうか……」

二つの紙袋を両手に持ち、オロオロとする水脈さんに、僕らはハッとする。

「流石は水脈殿。ないすあいでぃあで御座る！」

「旦那にそう言われちゃ仕方がねぇ。一つずつで勘弁してやりやす」

晴れて二人は公平に紙袋を一つずつ持つことができた。新年早々、場違いな仁義なき戦いが繰り広げられるんじゃないかと、無駄にハラハラしてしまった。

「そう言えば、彼方君は福袋を買わなくてもよろしいのですか？」

水脈さんに尋ねられ、僕は「うーん」とうなる。

「特に買わなくてもいいかな。服も、今あるもので充分だし。お菓子の福袋は、ちょっと気になるけど」

でも、和菓子の福袋だったらもう水脈さんが買ってくれたし、水無月堂に行けばおいしい駄菓子がたくさんある。だから、あえて買う必要もなかった。

「ふぅん。福袋で新たな出会いがあるかもしれませんぜ。普段は着ないような服と縁があるかもしれねぇ。しかも、それが意外と似合うかもしれねぇですし」

「うぅん、そう言われると、ちょっと気になるな……」

猫目さんのさり気ない誘惑が僕を揺さぶる。

「彼方殿は地味な服が多いで御座るからな。これを機に、歌舞伎者になるのは如何で御座るか」

「真夜さん、一気にハードルを上げるね……」

歌舞伎はともかく、僕に華美な服装が似合うとはとても思えないし、そういう格好をしたいわけでもない。

「服の福袋は中身が分からないのが怖いよ。ショッキングピンクのシャツなんて入っていたらどうするのさ」

「そいつは面白いじゃねーですか」

「面白いか面白くないかの問題じゃないよ、猫目さん」

僕はがっくりと肩を落とす。

「彼方殿も、晴れて歌舞伎者で御座るな」

「もう歌舞伎から離れようよ、真夜さん……」

ぐんにょりと首も垂れる。落ち込む僕に、水脈さんがオロオロと声を掛けた。

「その、可愛らしいと思いますよ……？」

「無理にフォローしてくれなくていいし、そもそも着ようとも思わないよ」

助け船のつもりだったのかもしれないけど、きっちりとツッコミ返しておく。

「まあ、気に食わないモンは、交換しちまえばいいじゃねぇですか。店先で客が勝手に交換会をやってるところもありますぜ」

「ふぅん。そういうものなの？」

「そうそう。自分の福袋に好みのものが入ってなくても、他人の福袋に入っているっていうこともよくあるんですわ。そんな時、トレードし合うってわけですね」

「猫目殿、よくご存じで御座るなぁ」

「ジローは以前、渋谷（しぶや）で福袋を買っておりましたからね」

水脈さんに言われ、「まあ、そんなところですわ」と猫目さんは頷く。

「渋谷で服かぁ。さすがは東京猫」

「ま、若いころの話ですぜ、若いころの」

猫基準の〝若いころ〟が何年前なのか、いまいち分からないけれど、「そうなんだ」と相槌を打ってみせた。

「彼方さんは、渋谷に行かないんで？　彼方さんくらいの歳だったら、丁度良いんじゃねーですか？」

「うぅん。渋谷はよく分からなくて。奈々也君にお店を紹介されたけど、そもそも、ブランド名に詳しくないし。それにほら、オシャレな人がいっぱいだから、場違いっていうか……」

「そのオシャレな人になるつもりはねぇんで？」

「僕、ユニクロとしまむらばっかりの人生だったからなぁ」

なので、東京のしまむらの少なさに絶望した。一応、しまむらとユニクロの名誉のために言っておくけど、そのお店がオシャレじゃない、などと言うつもりはない。僕にとって着心地と居心地がいいというだけの話だ。

「それでも池袋には行ってるよ。大学から遠くないし、少しだけ土地勘があるから」

「ああ、部屋探しもあそこでしてましたもんね」

そう。猫目さんに初めて会ったのも、池袋だった。

あの時の猫目さんは、きちんとしたスーツを着て、不動産屋さんに擬態していたんだっけ。それで、僕はまんまと幽落町の物件を契約してしまったのだ。

「懐かしいな。あれから九か月も経ったんだね」

「その節は、うちのジローがご迷惑をおかけして……」

水脈さんは申し訳なさそうに眉尻を下げる。

「う、ううん。最初はびっくりしたけど、水脈さんが優しかったし。幽落町のアヤカシもいいひとばかりだったから」

クーリングオフしたいなんて言ってたけど、今ではすっかり馴染んでしまった。

「ですが、そのために怖い事件に巻き込んでしまうことも御座いましたし」

ふと、あの凍てついた眼の、真っ白なひとを思い出す。

真っ黒な塊になってしまった亡者達を思い出す。

生きている人間を怖いと思ったこともあるし、死んでいる人間が哀しいと思ったこともあった。

「でも……、僕はいい経験になったと思う。その、嫌だと思ったこと、ないから」

どれも大事な思い出だ。幽落町にいて、水脈さん達とかかわってなければ、体験できなかったことばかりだ。

「それにさ、僕が一時的に常世側の存在になったことで、真夜さんも僕を見つけてくれて、こうして会えたわけだし」

「その通りで御座る！　拙者、彼方殿とお会い出来ていなければ、あのまま、我を失ってしまったに違いありませぬ」

真夜さんも力強く頷いてくれる。

「それならよいのです」

水脈さんは、胸をなでおろして微笑んだ。

「私も、彼方君と会えて良かったと思います。彼方君には、良い思い出をたくさん頂きましたから」

「め、面と向かってそう言われると、なんだか恥ずかしいな」

水脈さんが、ふふふっと柔らかく笑う。

「勿論、真夜君にもお会い出来て良かったと思っております。真夜君と家事をするのは、とても楽しいですし」

「拙者も、水脈殿にお会い出来て、幸せで御座る！」

真夜さんは笑顔を弾けさせた。

「彼方さんと真夜さんは、そのきっかけを与えた小生に感謝して欲しいもんですぜ」

「猫目さんは、ちょっと反省した方がいいと思うんだ……！」

結果はどうあれ、詐欺まがいのことをされたのは忘れない。

「何を反省すりゃあいいのやら。さてさて、もういい時間ですぜ。幽落町に帰らねぇと、餅(もち)つきが始まっちまう」

猫目さんは、しゃあしゃあと言う。

「そうですね。遅れたら、また白尾に怒られてしまいます。皆さん、お買い物はもう大丈夫ですか？」

「うん。平気」

「拙者も大丈夫で御座る」

「それでは、戻りましょうか」

なんとか人混みを抜け、商業施設の出口に差し掛かる。

境界だ。

そこから、幽落町へと帰ることができる。

出口を抜けると、黄昏(たそがれ)に染まった空が僕らを迎えた。近未来的な商業施設から一変して、レトロで懐かしい商店街が続く街並みが現れる。

商店街は賑(にぎ)わっていた。龍頭神社の方角だ。

「もう、みんな集まってるみたいだね」

「早く荷物を置いて、私たちも向かわなくてはいけませんね」

水無月堂へと向かおうとした、その時だった。

水脈さんが、「おや？」と立ち止まる。

「どうしたのです、ジロー。ひとの着物を引っ張って」

「へ？　小生は何もしてないですぜ」

猫目さんは両手をあげてみせた。真夜さんと僕も、水脈さんの着物に触れられる位置にはいない。

「おや、まあ……」

振り返った水脈さんのすぐ後ろに、小さな子供がいた。女の子だろうか。髪はおかっぱで、教科書で見たような昔の格好をしている。

気付いた猫目さんは、すんと鼻を鳴らす。途端に不機嫌そうな顔になった。

亡者だ。僕も猫目さんに続いて悟る。

独特の臭気が女の子を包んでいた。輪郭はぼんやりとして希薄で、気配はほとんど感じられない。そして、全体的にボロボロで、黒ずんでいた。髪はぼさぼさ、服も破けて、皮膚のあっちこっちが爛れて腫れている。

女の子は、苦しそうな表情で、水脈さんの着物をしっかりつかんでいた。まるで、母親にすがるみたいに。

「いつから、こちらにいらしたのです？」

水脈さんは女の子の小さな手を、包み込むように握って着物からほどいた。
女の子は答えない。眉根を寄せ、唇をきゅっと結んでいる。

「あーあ。人が多いせいで、鼻が馬鹿になっちまってたか……。これから餅つきだってのに、亡者なんか連れて来ちまって」

猫目さんは苦々しげに呻く。自分の失態を責めるような口調だった。

「火傷の痕がある……。もしかしたら、吾妻橋の辺りを彷徨っていたのでしょうか」

関東大震災の話を思い出した。その時に命を落とした子だろうか。

「旦那、どうします？」

「この子は、憂いが胸に残っているから彷徨っているのです。どうにかして、憂いを晴らさなくては」

「……やれやれ」

猫目さんは僕の方を見やる。

言いたいことは分かっていた。こうなると、水脈さんは何としてでも亡者を救おうとする。餅つきのことは、すっかり頭から抜けてしまっているのだろう。

「気配が希薄で御座るな。亡くなってから随分と時間が経ってるので御座ろうか」

真夜さんが、そっと言う。

女の子は、僕らのことなど目に入っていない。水脈さんの問いかけにも応えない。

僕はそっと手を伸ばした。

「あっ、彼方君……！」

気付いた水脈さんが止める前に、僕は女の子に触れていた。

ざわりと悪寒が駆け巡り、視界が揺らぐ。

空が、炎に包まれていた。大勢の人が押し合い圧し合いしている。背後に煙が迫る。炎が膨れ上がり、全身を舐めようとしていた。そんな中、手を握ってくれる女の人がいた。母親だ、と直感的に悟る。

痛い。生きたまま焼かれているみたいに痛い。皮膚がじりじりと音を立てている。

肉の焼ける匂いがする。

この痛みから逃れたい。でも、どうすればいい？　身体のあっちこっちが真っ赤になっているから、きっともう、薬を塗っただけじゃ痛みは消えない。

そんな時、どうすればいいか、誰に会いに行けばいいか、何度も教えて貰った気がする。教えてくれたのは——そう、おかあさんだ。

大勢の人が橋になだれこんだ。とにかく炎から逃れたい。対岸へ行きたかった。

でも、橋は重さに耐えきれなかった。めき、めきめきという不吉な音とともに、足元が崩壊する。

な恐ろしい音に、たちまち呑み込まれてしまう。

きつく握ったはずの手は、あっけなくほどけてしまった……。

「おかあさん！」

声の限りに叫ぶ。すると、母親に名を呼ばれた気がした。しかしそれも、猛るような恐ろしい音に、たちまち呑み込まれてしまう。

「彼方君！」

水脈さんの声に、我に返って手を引っ込める。

女の子も夢から覚めたような表情で、少しだけ顔を上げた。僕という生きた人間に触れたことで、多少の自我を取り戻したのだ。

「全く。無茶しやがって」

ふらつく僕の身体を、猫目さんが支える。亡者に触れると、中てられたみたいに体調が悪くなるのだ。けれど、手段は選んでいられなかった。

「……このあとでお餅を食べられるしね。そこで元気を取り戻せばいいかと思って」

「それで復調しなかったら、旦那や真夜さんが彼方さんの面倒を見るんですぜ。そいつを頭に入れて行動して貰いたいもんですね」

猫目さんは「ふん」とそっぽを向く。真夜さんは、「猫目殿としても、心配で御座るしなぁ」という余計な一言を忘れなかった。

『……いたい』

女の子はぽつりと言った。

「お身体が、痛むのですか？」

水脈さんはしゃがみ込み、心配そうに女の子を見つめる。

女の子はこくんと頷いた。みるみるうちに顔がくしゃくしゃになる。

『熱い。痛い、痛いよぉ……。おかあさぁん……』

声をあげて泣いている。それなのに、涙はこぼれない。干上がってしまった身体から、がさがさに乾いた声が、か細くあがるだけだった。

「……お可哀想に。お母様とはぐれてしまったのですね」

水脈さんは、壊れものに触れるみたいに女の子の身体をそっと抱いた。零れる幼い嗚咽が痛々しい。

「お母さんを探してあげればいいのかな……」

「この様子だと、母親だってとうに亡くなっちまってますぜ。近場で彷徨っているならともかく、逝くところに逝ってたら、もうどうにもならねぇ」

猫目さんは幽落町の空を見上げる。日が沈みかけた空の向こうでは、ちりばめられた星々が心配そうにちかちかと輝いていた。

「お母様にお会い出来るのが一番でしょうが、今の憂いは、この痛みのようですね」

水脈さんは目を伏せる。

女の子の腕には火ぶくれができていた。襤褸布みたいになっている服から見える皮膚は、それが皮膚とは思えないほど焼けて焦げて、見ているこっちも辛くなる。

「そう……、だね。でも、どうやって」

「死者に、生きているものの薬を塗るわけには……いかないで御座るしなぁ」

真夜さんもしゃがみ込む。燕尾服の裾が地面に触れた。目線を合わせ、「飴でもいかがで御座るか？」と水無月堂で買ったザラ玉を差し出すが、女の子は首を横に振るばかりだ。

「甘いもので気が紛れると思ったので御座るが……」

「まあ、満身創痍じゃあ、甘いものを食べたいとは思わねぇですしね」

厄介な。と言外に漂わせ、猫目さんは眉間を揉む。

「亡くなっている方の傷を癒す……。私に、力が残っていれば良かったのですが」

水脈さんは、ひどく申し訳なさそうだ。

「常世のものを癒す薬が、あれば良いので御座るが」と真夜さんが唸る。水脈さんも思案顔だ。

「……アヤカシ用の薬なら御座いますが、存在が根本的に違うのです。亡くなった人は想いの塊のようなものですから、薬というよりは願掛けに――」

水脈さんはハッとした。

「そうですね……。願掛けならば、或いは……」

「願掛けって、神社で神様に祈るっていうやつ？　僕らが初詣でやったみたいに」

僕の問いかけに、「ええ」と水脈さんは頷く。

「私よりもお力のある方々でしたら、すぐに憂いを浄化することも出来ましょう。しかし、それには相手を選ばなくては……」

「まあ、商売繁盛や五穀豊穣、火防せなんかを司る稲荷神に頼むわけにもいかねぇですからね。眼科で歯の治療をしてくれというようなもんですし」

猫目さんは肩を竦める。神様や仏様にも専門分野があるのだ。

「浅草寺の観音様も、お体を癒す専門では御座いませんし……」

「……あ、この子、誰に会いに行けばいいか。母親に教えられてたみたいだけど」

先ほどの接触で流れ込んできた心情を思い出して、僕は遠慮がちに言う。女の子の様子からして医者の類ではないようだった。何かのヒントになるといいのだけど。

「そうですか……。では、もう少し深く聞いてみましょう」

水脈さんは、しゃくりあげる女の子を再び見つめた。

「そのお痛み、治してくれる方のことを考えていたのですね。お母様から聞いていた方のこと、お聞かせいただいても構いませんか？」

女の子は目をぱちくりさせる。少しばかりの沈黙の後、こう言った。

『牛さんを探してたの……。牛さん、なでなでしたくて……。でも、いなくて……』

「牛……？」

僕らは顔を見合わせる。

「こんがらがって来ましたぜ。あの辺に、牧場なんてねぇはずですが」

猫目さんは腕を組んで考え込む。

その中で水脈さんだけが、合点がいったように深く首肯した。

「なるほど。あの場所で彷徨っていたのは、牛さんを探していたからなのですね」

「えっ、旦那。あそこら辺に牛なんているんです？」

「ええ。思い出しました。あの牛さんならば、彼女のお痛みも癒してくれるかもしれません」

「牛が」「痛みを癒す？」

猫目さんと僕は顔を見合わせ、疑問符を頭の上いっぱいに浮かばせる。

水脈さんは女の子をそっとおんぶして、もう一度、幽落町のアーチを潜った。

再び訪れたのは、吾妻橋だった。ただし今度は押上側である。觔斗雲——じゃなくて、炎のオブジェが僕らを見下ろしていた。

朱色の橋は相変わらず、お正月気分の人々で溢れている。彼らには、火傷だらけの女の子の姿は見えていない。

『うう……』

女の子は、水脈さんの背中でぶるっと震えた。

『橋、落ちたの。いっぱい、ひとが潰れたの……』

「……存じております。この先に、行きたかったのですね？」

女の子は頷く。

「お連れ致しましょうか？」

水脈さんの申し出に、女の子は小さく身を丸めた。

『怖い……、痛い……』

対岸の浅草は、かつて炎に包まれたとは思えないほどに、ビルが林立し、活気に満ち溢れている。

それでも、女の子の心は恐怖に支配されているようだった。橋を渡ることを、全身で拒絶しているみたいだった。

「……参りましょう。やはり、牛さんを探さなくては」

「水脈さん。牛って本当にいるの？　牧場なんてどこにもなさそうだけど」

「牛さんがいるのは、牧場では御座いません。神社なのです」

「神社？」

水脈さんは足早に歩く。女の子の痛みを、一刻も早く癒してあげたいのだ。

「江戸の頃から、そこにいらっしゃったはずです。神社でずっと、人々を癒してきたのですよ。しかし、それも関東大震災で焼失してしまったそうで」

牛さんがいない、という女の子の言葉を思い出す。

隅田川に沿って、ひたすら歩く。左手には隅田川の水上バスが見えた。

道路を渡ってしばらく歩くと、公園があった。葉を落とした木々が寒空に枝を伸ばしている。水脈さんは、迷うことなくその中へと踏み込んだ。

「へぇ、こいつはなかなか広いじゃねぇですか。上野の公園ほどとはいかねぇが、自然が溢れてやすね」

「夏は緑に覆われていそうで御座るなぁ」

散歩する人もぽつぽつといる。地元の住人だろうか。そこそこ大きな池もあって、水面をぼんやり眺めてる人もいた。

僕らはただひたすら、水脈さんに着いて行く。足音と、時折漏れ聞こえる女の子の呻き声だけが耳に響いていた。

「――こちらです」

やがて、石の鳥居が僕らを迎えた。阿吽の狛犬がどっしりと構えている。牛嶋神社。

それが、僕らが辿り着いた場所だった。

境内には、初詣に来た参拝客が並んでいる。家族連れやお年寄りが多い。

「関東大震災前は、もっと北に御座いました。その近くに常夜灯もありましてね。灯りに照らされた夜桜が、とても綺麗だったそうです」

「常夜灯……？」

「昔は隅田川に渡し船が御座いましたからね。目印となる灯りが必要だったのです」

「あ、なるほど。灯台みたいなものなんだね」

「ええ。常夜灯自体は、今でも元の場所に残っております。桜橋と呼ばれる橋の近くにある、大きな燈籠がそれなのです」

それはともかく、と水脈さんは話題を切り替える。

「牛さんにお会いしましょう。こちらにいらっしゃる筈ですから」

水脈さんに導かれるがままに、牛嶋神社の境内に足を踏み入れる。

女の子はしっかりと水脈さんの背中にしがみついていた。亡者は神域の結界に阻まれて、中には踏み込めないのだと聞いたけれど、龍神の水脈さんが背負っている分には、そのルールは適用されないらしい。

それでも女の子の姿は、更に希薄になっていた。きっと、長居は無用だ。

「えっと、確かこのあたりに」

境内の隅に、瓦屋根(かわら)が見えた。

「あっ」

僕らは思わず声をあげてしまった。

牛はいた。

瓦屋根の下、赤い前掛けをしてどっしりと伏せている。立派な角が、突き出すようにカーブを描いている。神聖で厳かな空気をまとっていたけれど、そのまなざしは優しげだった。

「……本当だ。牛だ」

ただし、石だった。石で出来た牛が、じっと押し黙っている。よく見ると、角にも小さな前掛けがかけてあった。真新しいもので、誰かがかけたのだろう。

『牛さん。牛さん』

女の子は手を伸ばす。水脈さんは、彼女をそっと抱きかかえてあげた。

『よかった。ここにいた……』

「この牛さんを、なでなでしたかったの？」

僕が尋ねると、女の子は頷(うなず)いた。

『おかあさんが言ってたの。痛いところとか苦しいところがあった時は、牛さんを撫(な)でなさいって』

「こちらの牛さんは、撫牛(なでうし)なのですよ」と水脈さんが付け加えてくれる。

「撫牛？」

鸚鵡返(おうむがえ)しに問うと、水脈さんは教えてくれた。

撫牛というのは風習の一つで、足が悪い人は撫牛の足を、腰が悪い人は腰を撫でると、そこがよくなるのだという。しかも身体だけでなく、心も治してくれるらしい。

参拝客も撫牛を撫でていた。ある人は必死に、ある人は遠慮がちに。みんな、癒して欲しいという想いを胸に撫でていた。

女の子も、透き通った小さな手で撫牛に触れた。爪がはがれ、火ぶくれだらけの手だったけれど、牛を撫でる手は優しかった。

『痛いのが治りますように……。おかあさんも痛がっていたら、おかあさんの痛いのも治りますように……』

女の子は願いを込めて、何度も何度も牛を撫でる。

すると、石で造られているはずの牛の瞳(ひとみ)に、光が差した。

気のせいだろうか。瞬(まばた)きする傍らで、「おや」と水脈さんが声をあげる。

「あっ、火傷が……」

僕は思わず呟いた。女の子も目を丸くしていた。

ボロボロの服から覗いていた惨たらしい火傷が、みるみる消えていくではないか。女の子の身体はあっという間に、ちょっと日焼けしたような綺麗な肌になっていた。

『痛くない！』

女の子は目を輝かせる。水脈さんはつられて微笑んだ。

「良かったですね」

『うん！』

元気よく頷く姿に、僕は胸を撫で下ろす。

「良かったで御座るなぁ」と心から喜ぶ真夜さんに対して、猫目さんは「はいはい」とそっぽを向く。相変わらずのそっけなさだが、それが安堵を隠すためのポーズだということを、もう僕は知っていた。

撫牛は、じっと女の子を——いや、女の子の向こうを見つめていた。

僕らも、つられてその視線を追う。

『あ……っ』

女の子が声をあげた。牛嶋神社の鳥居の外に、女の人が立っていた。

『おかあさん！』

女の子と同じように服のあっちこっちが焦げついて、すっかりボロボロだ。それでも、皮膚に火傷はない。

母親も一緒に炎にまかれたのなら、無事では済まなかったはずだ。現に焼けた服がそれを物語っている。無傷で現れたのは、女の子の祈りが届いたからなんだろう。

水脈さんは女の子を抱えて境内を出た。そっと地面に下ろしてあげると、女の子は転びそうな勢いで母親に駆け寄った。

『おかあさん、おかあさん！』

母親は腰を屈めて、娘を両腕で抱きしめる。ぎゅっと閉じた目から、ぼろぼろと大粒の涙がこぼれていた。

女の子も泣いている。癒され潤い、やっと流すことができた涙は、とめどなく溢れ、潤った肌を優しく撫でていくのだった。


再会を果たした母娘は、吾妻橋までやってきた。

二人一緒に落ちたであろう橋は、掛け直されて対岸へと続いている。

母親は女の子の手を握る。女の子もまた、母親の手をしっかりと握りしめた。

『おにいちゃんたち、ありがと』

女の子は林檎みたいに頬を赤らめ、つないだ手とは反対側の手を振った。母親も深

く お辞儀をすると、そっと橋の上に踏み出した。一歩、また一歩と浅草が近付く。やわらかな初春の陽光の下、二人の姿は徐々に薄くなっていく。すっかり消えてしまう前に、女の子がふと振り向いた。

とても、満足そうな笑顔だった。

遠くの空では、凧(たこ)が優雅に泳いでいた。その凧に寄り添うようにして、小さな凧が飛んでいる。

まるで、あの母と娘の姿のように。

第二話
おにやらい

鬼は外、鬼は外。

けれど、〝鬼〟ってなんだろう。


水無月堂の奥に、不思議なものが飾られていた。

柊と思しき枝に魚の頭がくくりつけてある。たくさんの駄菓子の向こうに掲げられたそれは、異様な存在感を放っていた。

「水脈さん。この、魚の頭は何？」

奥の座敷に向かって声をかけるものの、返事はない。どうやら留守のようだ。買い物にでも行っているのかもしれない。珍しいことに、留守番を務めるはずの猫目さんの姿も見えなかった。

「猫目さんは散歩……のわけないか。ベランダで洗濯物でも取り込んでいるのかな」

水脈さんの手伝いであったり、家の中の用事であったり、それらの遂行のために、猫目さんは極稀に席を外す。

その間、店先は無人になるわけだけど、幽落町には水無月堂のものを盗ろうとする不届きな輩はいないのだ。

「んと、どうしようかな。カルメ焼きを買おうと思ったんだけど……」

勝手にお金を置いて行くのも気が引ける。ここは、猫目さんを待つべきだろうか。どうせ、それほど経たぬうちに戻ってくるだろうから。

店内をぐるりと見回す。他にお客さんはいない。僕一人だけが、水無月堂の中に取り残されてしまったみたいだ。

店に射し込む夕陽が、僕の影をぐいぐいと引き伸ばす。壁に映った影が、魚の頭をじっと見つめているように思えた。

「御免」

低い声と共に、唐突に現れた影が重なる。僕は慌てて振り返った。

そこには、マフラーに羽織姿の若い男の人がいた。僕よりずっと背が高くて、少し見上げないといけないほどだ。無駄なく引き締まりつつも、どっしりとした体格が、着物越しでもよくわかる。

その人は、切れ長の黒い瞳でじろりとこちらをねめつける。

「水脈殿は在宅かね」

「い、いえ！　たぶん、買い物に行ったものかと……」

「ふむ」

男の人は顎に手を当てる。

どうやら睨まれたわけではないらしい。三白眼気味で、眉間に深い皺まで刻まれているせいで、威圧感があるのだろう。いわゆる仏頂面というやつだ。

「あの……、水脈さんに何か……」

「以前、世話になったものでな」

そこまで言うと、男の人は「おっと」と声をあげる。

「失礼。申し遅れた。余は、忍という」

「僕、御城彼方です……」

自分のことを〝余〟というひとは初めて見た。まあ、猫目さんの〝小生〟も初めてだったけれど。

「えっと、待っているうちに帰ってくるんじゃないでしょうか。たぶん、そんなに時間はかからないと思いますけど」

「いや」と忍さんは首を横に振った。

「火急の用でな。水脈殿の力を借りたかったのだ」

そう言ってから忍さんは、はたと僕を見つめる。思わず、ぎぎっと視線をそらした。

眼光が鋭過ぎて、視線が怖い。真っ白なあの人の絶対零度の視線も怖いけれど、この人の視線は業火のようで近寄り難い。

「御城彼方……。そうか、成程。君が噂の、水脈殿の助手か」

「じょ、助手？」

「ああ。水脈殿と共に浮世と常世の憂いを祓っていると聞いた。それに、水脈殿の本体が喪われた時、猫目君と共に取り返したという話ではないか」

「ご、御神体の時は、猫目さんと白尾さんの方が活躍したと思いますけどね。水脈さんに関しては、助手っていうよりも腰巾着っていうか、犬っていうか……」

「謙虚な若者だな、君は」

あなたもお若いと思いますけど。という台詞は呑み込んだ。

忍さんの見た目は、どこぞの若旦那といった風情だ。外見年齢こそ若いものの、その雰囲気はやけに落ち着いていて、すこぶる渋い。水脈さんが水ならば、このひとは石、いや、岩か山だ。

「この際、止むを得ん。君の力を借りたい」

「えっ⁉」

「初対面の相手に頼むのは気が引けるが。彼方君、失せものを共に探してはくれないかね？」

「えっ、えっ……」

助けを求めるように視線が泳ぐ。行きついた先は、柊にくくりつけられた魚の頭だ。既に事切れた魚は、死んだ目を返してよこす。

「時間がないのだ。次の申時までに見つけなくては」

携帯端末の時計を確認する。今はお昼過ぎだ。

指を折って申時を計算する。恐らく、十五時から十七時だろう。

「今日の……夕方になるまで、って感じかな。その、お役に立てるか分かりませんけど、手伝うくらいなら……。何を失くしたんですか？」

「桐箱だ。風呂敷に包んでいたのだがな。そこに、本日必要なものが入っていた」

「今日、必要なもの？　今日って、何かあるんです……？」

僕の問いに、忍さんは小さくため息をつく。

「柊鰯が掲げられているから、知っているものと思ったが」

「柊鰯って、あれですか？」

柊の葉っぱと鰯の頭を指さす。「左様」と忍さんは頷いた。

「あれは魔除けだ」

「魔除け？」

「そうだ。〝魔〟とされている鬼は、鰯の匂いを嫌うのでな。それに、柊は鬼の目をつく。本来は戸口に掲げるものだが、水脈殿のことだ、鬼が店に入れなくては可哀想だと考えたのだろう。しかし、歳時記を重んじる方だから、飾らずにはいられなかった。――と、そんなところだと思うがね」

「なるほど……」

忍さんは水脈さんの性格をよく把握していた。お世話になったと言っていたけれど、よっぽど深い仲だったんだろうか。

「それにしても、柊鰯を知らないとは。何と嘆かわしい……。浮世でむやみやたらにケガレが増えるわけだ」

忍さんは眉間を揉む。

「す、すいません……」

「謝ることはない。そういう時代なのかもしれんな。まあ、そんなことはさておき。君は、二月三日が何の日かということも知らないのかね？」

「二月三日……。あっ！」

言われてから、今日の日付を思い出す。

「節分だ！」

「左様」と忍さんは頷く。

「そうか。だから、鬼除けのおまじないを飾るんですね」

「そして〝鬼やらい〟をする。この時期になると、連中が闊歩し易いからな」

「…………。ああ」

不思議な沈黙に、僕は首を傾げる。

「……さて、世間話はこの辺で構わないかね」

「あっ、はい。すいません！」

「逐一謝らなくてもいい。余も久しぶりにこちらへ戻ってきたのだから、ゆるりと散策もしたかった。まあ、それは全てが終わってからだな」

「節分に必要なものが入っている桐箱を見つけてから、ですね？」

「ああ」

それにしても、一体何が入っているんだろう。節分で必要なものなんて、豆と枡と鬼のお面くらいか。でも、そんなものをこんなに立派な風貌の人が、必死に探していると考えにくい。

「その、お役に立てるか分かりませんけど……」

「構わん。一人で探すよりはいい」

忍さんは踵を返す。迷うことなく、幽落町のアーチを目指していた。

この町を歩き慣れている。さっきの言葉と併せて考えると、昔、ここに住んでいたんだろうか。

ふと、お正月に水脈さんと猫目さんが話していたことを思い出す。あの時話題にのぼった、幽落町にいた人というのは、忍さんのことなんだろうか。

商店街に出ると、豆腐小僧が豆腐を売っていた。彼は忍さんの姿を見るなり、「あ、しのぶさん」と声をあげた。

忍さんもまた、「おお」と些か嬉しそうな声色で立ち止まる。

「豆腐小僧ではないか。息災だったかね」

「あい。げんきです」

「それは何よりだ。相変わらず、小豆洗いに大豆を洗って貰っているのかね？」

「あずきあらい、おまめを洗うのがとくい。今日もいっぱい、洗ってもらいました」

「そうだったたな。後で挨拶に行こう」

豆腐小僧に軽く手を振る忍さんに、僕はこっそりと耳打ちした。

「仲、いいんですね」

「彼の豆腐は絶品だからな。よく買っていた」

「確かに、おいしいですけど……」

思わず口ごもる。豆腐小僧のつくる豆腐の原材料は常世製だ。常世のものを食べると、常世の者になってしまうというルールがある。幽落町を訪れた当初、猫目さんに半ば強引に豆腐を食べさせられたせいで、僕はこの一年、常世に縛られることになってしまった。

「豆腐小僧の豆腐をホイホイ食べられるってことは、忍さんは常世のひとなんですね。見た目は人間だから、人間だと思って話してましたけど。……えっと、何のアヤカシなんですか？」

「…………」

沈黙。

忍さんは唇をへの字に結び、眉間に皺を深く刻む。僕は竦み上がった。触れてはいけない話題だったんだろうか。

「ご、ごめんなさい。興味本位で聞いちゃって……」

「いや。構わん」

「そのうちわかる」

構わなくない顔をしながら、忍さんはぽつりと言った。

「そ、そうですか……」

隠しておきたい事情があるのなら、むしろ、知らないままで良いんだけど。他人の内面に無理やり踏み込むようなことはしたくない。

「と、ところで。忍さんは、昔、幽落町に住んでいたんですか？」

慌てて話題を変える。忍さんは、ややあって答えた。

「ああ。だが、今は全国各地を渡り歩いている。特定の場所に住まいを置かずにな」

「旅を、してるんですか……？」

「ああ。ケガレを祓う旅をしている」

早足で歩きながら、忍さんは答える。

「ケガレを……？　水脈さんみたいに、憂いを晴らしているんですか？」

「いや。水脈殿とは少々異なる。それに、余の手法は拙いものだ」

忍さんはそれ以上語らない。一体、どんな方法なんだろう。

「そうそう。桐箱なんですけど、どこで失くしたんですか？　幽落町だったら、なんとなく、僕よりも忍さんの方が詳しそうですけど」

「いや、浮世だ。浮世の所用を済ませる前に一服したのだが、気付いたら失せていたのだ」

忍さんは苦虫を嚙み潰したような顔になる。一生の不覚、と言わんばかりだ。

「その、見つかるといいですね。というか、お力になれるといいです」

「君はいい青年だな」

忍さんの表情が、少しばかり和らいだように見えた。

「青年……」

「どうしたんだね？」

「いえ。今まで、高校生に見えるからってコドモ扱いされてたんですけど、忍さんはきっちり当ててくれたなぁって思って」

「ほう？　どう見ても青年だと思うがね。子供の顔ではない。一人前の男の顔だ」

忍さんはさらりと言った。

一人前の男の顔。そんなこと言われたのは、初めてだ。

目つきが鋭くて怖い人かと思ったけど、とてもいい人なのかもしれない。僕をコドモどころか犬扱いする人と、一瞬でも重ねてしまったことを深く詫(わ)びたいくらいだ。

「忍さん！　僕、絶対に忍さんの桐箱を見つけます！」

「ど、どうしたんだね、急に」

「いやぁ、ここはもう、死力を尽くさないといけないと思いまして。男として！」

「それは頼もしい。期待しているぞ」

「ええ、頑張ります。男として！」

つい、鼻息が荒くなってしまった。でも、そのくらいの気合があった方がいいのかもしれない。男として。

はぐれぬように忍さんの羽織の裾(すそ)を摑(つか)みつつ、僕は幽落町のアーチをくぐった。

びょう、と冷たい風が頬をかすめる。乾いた空気が喉に痛かった。

すっかり丸裸になった木と常緑樹がずらりと並び、整備された道を人が行き交う。空は広いけれど、ほんの少し先にはビルが林立している。そして、東京スカイツリーがとても大きく見えた。

「ここは、上野……？」

「左様。上野公園だ。一目で分かるとは、よく来るのかね？」

「ええ、まあ」

何かと縁がある場所だ。

ビルと僕らの間には、西郷さんの像もあった。今日は巨大化する気配はない。当たり前だけど。

「余は、ここに用事があってな。しかし、約束の時間まで、少々間があった。それゆえに、休憩をしていたのだ」

「そこで、桐箱を見失った……」

「その通り。余のしたことが、迂闊だった」

忍さんは眉間を揉む。

「何処にいたんですか」

「案内しよう」

忍さんは公園の階段を下りる。僕もそれに続いた。

頭上で、ざわざわと何かが騒ぐ。見上げると、生い茂った木の枝があった。常緑樹が風に揺られていたのだろう。

「どうしたんだね、彼方君」

「いや、風が……」

「風？」

「木の枝が風で揺れてただけです。でも、なんでしょうね。木がすごく汚れて見えるんですよ。黒ずんでるっていうか。忍さん、何か——」

分かります？　そう問おうとしたその時、忍さんの大きな手が僕の腕を摑んだ。

「避(よ)けたまえ！」

忍さんの声に引っ張られるようにして、跳んだ。すると、僕が居たところに、重そうな枝が落ちて来たではないか。

「ひぃっ！」

思わず悲鳴をあげる。通行人が一斉にこちらを振り向いた。枝からこぼれた葉が舞い上がり、僕の目の前をひらひらと泳いでいた。

「な、な、な……」

「〝鬼〟だ」

忍さんは落ちた枝の先を見つめる。僕もまた、目を凝らした。

そこだけやけに薄暗く、風景が褪せて見える。黒い靄のようなそれは、まるで生きてるみたいに、すーっと逃げて行った。

「すまんな、彼方君。先手を打って斬りつけてやりたかったが、ここで抜刀するわけにはいかないからな」

忍さんは懐に手を当てて、物騒なことを言う。

「ば、抜刀⁉　か、刀を持っているんですか？」

「ああ。余には必要なものでな」と、懐を摩った。着物越しに、短刀ほどのふくらみが見えたような気がした。

「じゅ、銃刀法違反……」

「人前では抜かんよ」

忍さんは、しれっと言った。

「そ、それにしても、今のが〝鬼〟なんですか？」

虎縞のパンツに角というスタイルではなかった。あんな実体が分からないような鬼が鬼ヶ島にいたら、桃太郎も困ってしまうだろう。

「左様。イメージしていた鬼と見た目が違うので、戸惑っているのかね？」

「ええ」と図星を突かれた僕は頷く。

「〝鬼〟とは〝隠(オニ)〟であり、本来は目に見えぬものを指す言葉だった。もともとは中国のものでな。あちらでは主に霊魂を指したが、それが日本へ入ってきて、悪しきものを指すようになったのだ」

「悪しきもの……。悪霊……とか？」

忍さんが頷いた。

「〝鬼〟は、大きく分けて二つの意味を孕(はら)む。そのうちの一つが、超常的であり人に悪い作用を及ぼす者だ。〝鬼〟は丑寅(うしとら)の方角——すなわち、鬼門からやってくるというから、後世では牛の角が生えて虎皮の腰巻を巻いた姿になったのだろう。確か、あのイメージがついたのは江戸時代の辺りだったか」

「それじゃあ、比較的新しいんですね。もっと昔から、ああいう姿なんだと思ってたけど……。古い昔話でも、鬼って出てきますし」

「『御伽草紙(おとぎぞうし)』の酒呑童子(しゅてんどうじ)などのことかね？」

「ええ。あれって、陰陽師(おんみょうじ)が大活躍をしていた時代の話ですよね」

「左様。安倍晴明(あべのせいめい)の占いをもとに、源頼光(みなもとのよりみつ)が討伐に出掛けたという」

そう、そちらは平安時代くらいの説話だ。

僕の目を覗(のぞ)き込むようにして、忍さんは頷いてみせた。

「それこそ恐らく、〝鬼〟が孕むもう一つの意味なのだよ」

「〝鬼〟とは〝悪しきもの〟。それは単純に、人間そのものに害をなす者を指す。しかし時として、特定の存在にとって害のある者を指すこともある」

「特定の存在って……」

「為政者だ」

為政者――つまり政府に盾つく者、政府の力が及ばぬ者、それらを〝鬼〟や〝土蜘蛛〟と呼んだらしい。土蜘蛛もまた、アヤカシの名だという。

「じゃあ都合が悪いものは、みんな〝鬼〟だったんですね……」

「理解不能なものや異質なもの――つまり、恐れの対象になるものは〝鬼〟とされ、排除の対象になった。常人よりも何かが欠けている者、逆に、常人では有り得ない力を持つ者もそれに当たるな」

「何かそれって、気持ちのいい話じゃないですね。異質な存在を排除するなんて、こう、仲間はずれっていうか、村八分っていうか、いじめみたいっていうか……」

「まあな」と忍さんは答える。また、苦虫を噛み潰したような顔をしていた。

「なんか、思考停止しちゃってる気がする……。相手を理解しようという気持ちがあれば、分かり合えるかもしれないのに」

「……………」

「忍さん？」

深く皺が刻まれた眉間を押さえる忍さんに、思わず問いかける。すると、忍さんは「いや、失礼」と首を横に振った。

「とにかく、君を襲ったあれは〝鬼〟だ。悪しきものである。理解の余地はない」

「で、でも、話し合えば何とかなるかも。相手が要求していることが分かれば……。悪霊って呼ばれていた子を、説得したこともありますし」

寂しがり屋の少女の亡霊のことを思い出す。水脈さんの本体を隠すというとんでもないことをしたけれど、彼女には彼女なりの理由がちゃんとあった。

けれど、忍さんは首を横に振る。

「話し合いの余地はないのだよ、彼方君。あれに理性は無い。意思も無い。ただ、純粋なケガレなのだ」

「意思……は、あるように見えましたけど」

何せ、ピンポイントで僕を狙って枝を落としたのだ。

「あれは意思ではない。本能だ。彼らにあるのは悪意なのだよ」

「そうなんですか……。でも、そんなものがどこからやって来るんですか？　むやみやたらに増えてるって、言ってましたよね」

僕は丑寅の方角を眺める。鬼門は寛永寺で塞いでいたはずだ。それでも〝鬼〟は入ってくるんだろうか。

「やってくるというよりも、生まれるのだ。浮世の人間からな」

「浮世の人間から、生まれる……？」

「憎しみ、悲しみ、怒り、不安……。それらの負の感情が、ケガレとなる。感情を生み出した本人から離れ、あちらこちらに散らばるようになる。ゆえに、この時期にそれを祓わなくてはならんのだ」

「節分が、その役割を果たしているんですか？」

「左様。節分は立春。旧暦では、一年の始まりの日だ。その日に邪気を祓って、新しい一年を迎えようというわけだ」

幽落町と同じだ。

あの町は浮世と常世と繋ぐ通り道で、亡者やそのケガレが溜まり易い場所だ。だから生きている人間である僕が、水脈さんの神事を手伝って、月に一回、溜まったケガレを祓っている。

ケガレが祓い切れていない時は酷かった。あちらこちらに苦しげな亡者が闊歩していた。そして、それらの放つケガレに中てられた水脈さんもまた、苦しそうだった。

でも、今日の〝祓い〟は少し違う。相手は生きた者が放つケガレだ。

「桐箱に入っていたものは、その儀式に使うものだった」

「あっ、ケガレを祓う旅をしてるって言ってましたもんね」

「左様。全国を回って、ケガレがひどい場所に手を貸している。それが、余に出来るせめてものことだ」

「忍さんに、出来ること……」

浮世の人間ではない。そして、生きている者のケガレを祓えるひと。

忍さんは、本当に何者なんだろう。

いずれにしても、彼の力が今は必要だ。ケガレが増えて、いいことは一つもない。

「行こう」

「はい」

歩き出した忍さんに並ぶ。忍さんは草履だったけれど、足がとても速い。けれど、置いてけぼりにされるわけにはいかない。

何としても忍さんが失くしたという桐箱を見つけて、儀式を実行しなくては。

「ここだ。余は、ここで休憩をしていたのだ」

辿り着いたのは、ビルとビルの隙間に挟まれた小さなお店だった。

「あんみつ屋さん……？」

以前、水脈さんがここの話をしていたような気がする。〝みはし〟という名のあんみつ屋さんだ。中を覗いてみるけれど、見事に満席だった。外で待つ人もいる。

「上野に来たからには、ここであんみつを食べなくては何も始まらなくてな」

忍さんは大真面目に言った。

「あんみつ、好きなんですか？」

「余は、小豆が好きなのだ。餡子や羊羹に目が無いのだよ」

水脈さんと猫目さんが話題にしていたままの内容を、自己申告されてしまった。

「みはしの餡は繊細で味わい深い。ここのあんみつを食べると、他のあんみつは食えなくなってしまうのだ。いやはや、魔性のあんみつだな」

「あんみつが魔性って、初めて聞きました……」

僕らはお店の中へ入り、店員さんに桐箱のことを訊いてみる。だけど、店員さんにも心当たりはないようだった。

「余も真っ先に尋ねてみたのだがな。やはり、置き忘れたわけではないようだ」

「うーん。他にどこかへ行きました？」

「いいや。寄り道はここだけだ。店を出たところで、桐箱入りの風呂敷がないことに気付いてな。入った時には持っていたのだが」

「ああ、なるほど……」

店内を見渡してみるものの、女性客が美味しそうにあんみつを食べているだけで、風呂敷包みの姿は影も形もなかった。

「このように、忽然と消えてしまったのだ。そこで、水脈殿の力を借りようと思ったのだよ」

「うーん。そうか……」

僕は首をひねる。忍さんに見つけられないのなら、もっと別の発想が必要だ。

忍さんは、過失で桐箱を失くしたと思っていた。でも、その逆だったら?

過失の逆は、故意。故意に失くすはずはないから、つまり、故意に――。

「盗まれた、とか」

「盗まれた?」

忍さんの眉間の皺が深くなる。

「ええ。忍さんは〝鬼〟を祓う者じゃないですか。だから〝鬼〟が盗んだとか」

「先にも言ったように、問題のケガレは伝承に出てくる鬼とは違って、主体性の無いものだ。自衛のために盗むなどという高度な発想は――」

「でも、彼らは僕を攻撃しましたよ。あの大きな枝を落とすところを見たでしょう? その……、悪意を含む負の感情の塊だから、本能で悪いことをするのかも」

「成程な。悪意か……」

忍さんはまた、難しい顔をする。

「そうなると、何処に桐箱を隠すだろうか。いや、処分を試みるやもしれんな」

「あっ」

「どうしたんだね？」

「すいません。なんか、すごく嫌なイメージが頭に浮かんで」

必死に追い払おうと、手をパタパタとさせる。

「言いたまえ。気になるではないか」

「それが、その……」

こんなことを思い浮かべるなんてどうかしている。でも、ひょっとしたら何かの役に立つかもしれない。僕は腹をくくって、忍さんに伝えた。

「売るかもしれない、って思いまして。その、中身にもよりますけど」

「……売る？」

忍さんは目を丸くしている。恥ずかしい。やっぱり、言うんじゃなかった。

「売却すれば余から離せるし、金銭も得られる……か。まさに一石二鳥だな。それでいて、なかなかに悪どい」

「いや、その、なかなかに三下的な発想ですけど……」

「いやいや。余には無かった考えだ。流石(さすが)は彼方君。着眼点が違うな」

忍さんは深々と頷く。素直な称賛が痛い。本心から出た言葉だけに痛すぎる。

「でも、自分で言っておいてなんですけど、それって売れるものなんですか？」

「それなりにはな。ただし、店を選ぶ必要がある。加えて、敵はケガレの塊だ。そういう連中が行く場所というのには覚えがある」

黒い靄のようなものを思い出す。確かに、あの姿では普通のお店には入れない。

「ああいうのがよく行くお店っていうのが、存在しているんですか？」

「存在しない。浮世には」

「あっ。それじゃあ、もしかして、常世に」

「うむ。あるやもしれん」

でも、僕の知る常世のお店は幽落町の商店街くらいだ。そのいずれも、アヤカシが経営している以外に浮世と何ら変わりがない。ケガレが持ってきた盗品を買ってくれそうな店に心当たりはない。

僕がそう告げると、忍さんは教師のようにこう言った。

「常世や狭間というのは、何処にでもあるものだ。何も幽落町に限ったことではない。君も、あの町以外の常世へ行ったことがあるのではないかね？」

「あっ、ありました！　高校生の女の子が作った、八月三十二日の世界に閉じ込められたことがあります」

「それと似たようなものだ。生者のケガレもまた、異界を――常世を作る。それが、土地の記憶によって増幅されるのだ」

「土地の記憶？」

鸚鵡返しに尋ねる僕を連れ、忍さんは〝みはし〟の裏へと回る。

「この先に昔、闇市があったのだよ。知っているかね？」

「いいえ……」

「上野を逆さにして〝ノガミ〟と呼ばれていたのだ。戦後の貧しい時期でな。交通の便がいいのを理由に、様々な人間が集まった。米や野菜、拳銃も売られていた。とにかく、金が必要だったからな。なりふりを構っていられなかったのさ」

まるで見て来たかのように、遠い目をして忍さんは語る。

「地方から行商人がやって来たり、ならず者が住みついたり。とにかく混沌としていた。警察が取り締まりを強化しても、さっぱりでな。結局、取り締まるのはやめにして、業者と手を組んで闇市の正常化を図ろうとしたのだ」

「戦後か……。みんな、生きるのに必死だっただろうし、手段なんて選んでられなかったでしょうね。だからこそ、負の感情が渦巻いていそう……」

「左様。今となっては、ここは賑やかで明るい土地だが、薄暗く古い記憶も抱えているのだ。だからこそ、ケガレが停滞しやすい場所がある――」

忍さんと僕は〝みはし〟の裏手に踏み込む。その瞬間、空気が変わった。

そこには、バラック小屋と露店が連なる長い通りがあった。そこを行き交う人々もまた、隙間なくひしめき合っていた。

けれど、誰も喋らない。帽子を目深にかぶり、一昔前の服を着て、じっと押し黙って、蠢いていた。

異界だ。息を殺し、忍さんの隣に寄り添う。

空はどんよりと曇っているくせに妙に明るくて、湿った砂の色をしていた。まるでセピア色の古い写真のようだ。

息が詰まる。胸が苦しい。ただ立っているだけなのに、じりじりと首を絞められているみたいだ。

「大丈夫かね？」

忍さんが背中を叩いてくれる。すると、すっと身体が軽くなった。

そこに、ふわりと忍さんの羽織がかけられる。

「羽織りたまえ。余が常に身につけてるものだ。少しはケガレを防ぐだろう」

「でも、忍さんは？」

「問題無い。この程度のケガレは、そよ風のようなものだ」

忍さんは平然としていた。

「そこ往く旦那ァ。お品を見ていってくれないかい？」

不意に声をかけられた。見ると、莫蓙を敷いて座っているお婆さんがいる。着物姿で笠を目深にかぶり、顔を隠していた。

忍さんは、すんと鼻を鳴らす。

「獣のにおい。なるほど、アヤカシか」

「アヤカシも、ここに？」

忍さんは頷いた。

「こういう場所を好んだり、こういう場所でなくては生きられぬアヤカシもいる」

人間と同じだ、と付け足す。

アヤカシお婆さんの露店には、謎の小瓶がたくさん並んでいた。中身はよくわからない。いかにも、怪しげな薬が入っているといった風だ。

忍さんは莫蓙の前にしゃがんで、お婆さんの笠のあたりに顔を寄せた。

「失礼。桐箱を持った者がこちらに来なかったかね？」

「さァて、どうだったかね」

「……これでどうだね？」

忍さんは袂から小さな包みを取り出した。お婆さんはそれを受け取ると、用心深く匂いを嗅いだ。ぶるっと肩が震える。

「こ、これは！」

「情報をくれたら、そいつをくれてやってもいいのだが」

お婆さんは、忍さんと包みを見比べているようだった。笠の下からちらりと瞳が見えたけど、それはすっかり金色に光り輝いている。

「桐箱。えぇと、桐箱だね？　抱えている奴ァ、通ったよ。つい、さっき。買い手を探しているようだったからね、もう一つ向こうの通りなら、買ってくれそうな奴がいると教えてやったのさ」

お婆さんは、小屋と小屋の間にできた道を指す。その向こうにも、似たような通りが続いているんだろうか。

「なるほど。恩に着る」

忍さんは走り出した。僕も、お婆さんに頭を下げて続く。

お婆さんは、すっかり包みに夢中だ。去り際に、お婆さんのおしりから剛毛の尻尾がはみ出ているのに気付いてしまった。

「忍さん、さっきあげたのは……」

「上野風月堂のゴーフルだ。猫目君への土産にしようと思ったのだがな。まあ、買い直せばいい」

まさか、風月堂のゴーフルが取引に使えるとは。アヤカシの世界は奥が深い。

小屋と小屋の間を往く。その先を、背中を丸めながら歩いているひとがいた。

「あれだ」

「えっ、見た目は人間っぽいですけど……」

「装っているだけやもしれん」

忍さんが「おい、そこの」と声をかけると、そのひとは猛然と走り出した。

「逃げた！」

「待て！」

忍さんがそのひとを追い、僕も続いた。

その時、相手が唐突に振り向いた。

思わず、「あっ」と声を出しそうになる。

目深に帽子をかぶり、昔の服装をしているそのひとの顔は、なかった。

黒い靄が顔に当たる部分に蟠っているだけだ。もちろん表情も見えない。なのに、嗤っているのが分かった。悪意に歪んだ視線が、こちらに向けられている。そうかと思えば悲しんでいるようにも、いや、烈火のごとく怒っているようにも感じた。

――こわい。

本能がそう叫んだ。僕に、あらゆる負の感情が向けられているのが分かる。

それを受け止めきれず、思わずたたらを踏んでしまう。

その瞬間だった。目の前のひとが、こちらに目掛けて走り出したのは。

殺意が僕に向けられる。

「彼方君！」

忍さんが懐に手をやり、僕らの間に割り込む。

目に入ったのは、〝赤〟だった。忍さんの瞳が、赤く染まっていた。

異様な赤。夕焼けよりも暗く、血塗られたように深い色だ。

鮮血の瞳が放つ鋭利な眼光に、僕は反射的に身をすくめる。

雷光のような一閃。

短刀の刃が、ひとの形をしたケガレを薙ぎ払った。

『――――！』

声にならない悲鳴があがる。服の中から漆黒の靄が飛び出し、宙に散った。

弧を描いて落下する桐箱を僕が受け止めたのと、忍さんが鞘に刃を収めたのは、同時だった。パチン、という小気味がいい音が響く。

途端に、辺りに喧噪が戻った。

昭和の香りを残す店から、流行りのゲームセンターまでもが立ち並ぶメインの通りには、色とりどりの服を着た人が騒がしく行き交っていた。買い物袋をさげて露店で売られているフルーツを食べたり、手ぶらで店先を冷やかしたりする客も多い。

視線を上に向けると〝アメ横〟と書かれた看板が僕らを見下ろしていた。魚屋さんと思しきお店から、威勢のいい声が聞こえてくる。お菓子屋さんの店頭では、店員さんが袋にチョコレートを詰めまくって、手慣れた様子でお客さんを呼び込んでいた。

実に賑やかで、活気づいていた。あの重苦しい気配は、欠片もない。

「浮世に、戻ったんですね……」

「うむ。大事無かったかね？」

忍さんはさっさと短刀を懐にしまいながら問う。瞳の色は、黒に戻っていた。

「お陰さまで。桐箱も無事です」

「それはよかった」

忍さんの眉間の皺が、ほんの少し和らいだ。微笑んでくれたんだろうか……。

「先ほどのアレは、生者のケガレだからな。君の恐れを取り込もうとしたのだろう」

「もしかして、僕が怖がったから、元気になっちゃったとか？」

「その認識で間違っていない。だが、結果的に逃さず迎え撃てた。感謝しているよ」

「結果的によかったのなら、いいんですけど」

桐箱をそっと差し出すと、忍さんは穏やかに受け取ってくれた。その手は、大きくて立派なものだった。

「その……」

「何だね？」

「助けてくれて、ありがとうございました……」

「いいや。礼には及ばんよ」

忍さんはさらりと言った。

まだ、心臓が高鳴っている。興奮が冷めないのか、それとも……。

「どうしたんだね？」

「い、いえ。何でもないです……」

たった一閃で、あのケガレを祓ってしまった。

圧倒的な力を見せつけた忍さんに、少しだけ、おそれを抱いてしまったらしい。それを悟られぬよう、震える手をぎゅっと握り、笑顔を取り繕う。

忍さんはしばらく沈黙していたが、やがて、ふと思いついたように口を開いた。

「刻限にも間に合いそうだ。――彼方君も見て行くかね。今からでは、良い場所をとるには少々骨が折れるかもしれんが」

忍さんは、上野公園の方角を顎で指す。

「ええ、行きます。というか、忍さんが何者なのか、やっぱり気になりますし！」

忍さんの顔と桐箱の包みとを見比べる。

するとと忍さんが笑った。眉尻を下げた、苦笑だった。

「大したものではない。だが、儀式自体は見ておいて損は無いかもしれんな。……ただし、押し潰されてくれるなよ？」

忍さんが向かったのは、不忍池方面にある五條天神社だった。

初夏の頃、亡者の千代さんと一緒に歩いた場所だ。あの時は静まり返っていた境内が、今は人で埋め尽くされている。

「うわ……」

看板に〝うけらの神事〟と書かれている。

今日は節分だ。最初に忍さんに会ったときに話していた〝鬼やらい〟とやらを、ここでやるのだろうか。

「ねえ、忍さん。拝殿の前に舞台が造られてるけど、あそこで豆を撒くんですよね？人が多過ぎて近付くのが難しそうなんで、上手い裏道があったら教え――」

振り返ると、忍さんは既にいなかった。

「あ、あれ？」

キョロキョロと見回すけれど、あの長身の若旦那の姿は見当たらない。名前を呼んでみても、ざわめきに掻き消されてしまう。

「しょうがないなぁ……」

仕方がないので、僕一人で舞台の前へ向かうことにした。

所狭しと参拝客がひしめき合っているので、一歩進むのも一苦労だ。気を抜くと押し潰されそうになってしまう。

参拝客はご年配が目立つ。家族連れも多い。小学校に入る前くらいの男の子が、お母さんに手を握られ、懸命に背伸びをしている。それをお祖父さんらしき男性が、微笑ましげに見守っていた。

「それにしても――」

ぞろぞろと集まる参拝客を見やる。皆、期待に満ちたまなざしを舞台に向けていた。

だが、彼らは気付かないのだろうか。頭上に暗雲が垂れこめていることを。彼らの周りに、黒い靄が立ち込めていることを。

――ケガレが、集まっている。

花火大会の時みたいに、寂しがりやの亡者が花火を見に来たわけではない。忍さんが言う、生きた人間から離れた負の感情が塊になって、渦巻いているように見えた。

まるで、これから行う神事に、牙を剝くように。

ぞっと底冷えがする。ここには水脈さんも猫目さんも真夜さんもいない。何かあった時、僕はどうすればいいのだろう。

そんな不安に襲われる中、神事が始まった。

暗雲が濃さを増す。雨が降りそうだ。それもただの雨じゃなく、涙の雨だ。怒号のような雷がとどろき、強欲な嵐が全てを持ち去らんとやってくるようだった。

生ぬるい風が僕にまとわりつく。独特の腐臭をなすりつけてくる。

「忍さん……、どこ行っちゃったんだろう……」

ケガレの塊を一刀両断した、あの若旦那に会いたい。

忍さんの力は少しばかりおっかない。でも、彼の存在は不安を吹き飛ばしてくれるくらい心強かった。

その時、拝殿からのっそりと、力強い気配をまとった存在が現れた。

ざわりと鳥肌が立つ。澱んでいた空気が一変した。

厳つい顔に金色の四つ目を光らせ、弓矢を手にして、それはやってきた。

――〝鬼〟。いや、方相氏だ。鬼を祓う存在。

着物の袖から覗く手は大きく、がっしりとしている。その風格に、参拝客の誰もが注目した。

「もしかして……」

背格好からして、忍さんではあるまいか。桐箱にはきっと、あの方相氏のお面が入っていたのだ。

「なんか、おっかないね」と誰かが囁いた。四つ目の鬼はまさしく異形で、底知れぬ力を秘めているように感じられる。参拝客の間には恐れにも似た空気が漂っていた。

しかし、方相氏は堂々としていた。

拝殿に一礼すると、弓を構える。より、ケガレが濃い方へ。

鬼門だ。

「矢せよ!」

四つ目のお面の下で、忍さんの声が聞こえたような気がした。

風を切る音と共に、矢が飛んでいく。鋭い鏃を呑み込んだケガレの塊は、ぎゅっと縮まったかと思うと、ほどけるように広がって、一瞬のうちに霧散した。

「わぁ……」

風が駆け抜ける。生ぬるい腐臭を祓い、黒い靄を押し退け、暗雲を吹き飛ばす。

参拝客からは、「ほぅ……」という溜息が漏れた。安堵の息だ。あのケガレが見えなくても、気配だけは感じていたのかもしれない。

「おかあさん、あれ、鬼だよね?」

僕のすぐ近くで神事を見ていた男の子が、傍らの母親の手を引いて尋ねる。

「そうね。でも節分って、鬼を祓うものだと思ってたんだけど……」

「あれは、いい鬼なんじゃよ」

そう言ったのは、男の子の隣にいたおじいさんだった。

「おじいちゃん、知ってるの？」

「ああ。方相氏といってな、悪い鬼を祓ってくれるんじゃ。あの弓は桃の木でこしらえてある。桃には魔除けの力が備わっておるからな」

「ふぅん。鬼って、悪いものだと思ってたけど、そうじゃないんだ」

「そりゃあ、人間にだって、いい人と悪い人がいるじゃろう？」

おじいさんはのんびりと言った。男の子は「そっか」と納得したようだった。

「ほうそうしって、正義の味方なんだね」

「あんたが好きな、なんとかレンジャーとかなんとかライダーみたいな感じね。あの、日曜日の朝にやってるやつ」と母親が笑いながら言った。

「いい鬼と、悪い鬼……」

僕の呟きを耳聡く捉えて、おじいさんがこちらを振り返った。

「なんじゃ。鬼に興味があるのかい？」

「え、ええ。鬼のこと、知り合いから聞いたばかりだったので」

「ほう。それじゃあ、ついでに聞いて行きなさい。もう、知っているかもしれないがのぅ」と前置きをする。

「昔はな、豆撒き(まめま)で追われる鬼なんていなかったんじゃ。方相氏がお供を従えて、掛け声をかけながら厄を祓ったのじゃよ。それが、だんだん時代が下るにつれて、方相氏が追われるようになってしまった。あの、豆をぶつけられる鬼じゃな」

「どうして、そんな……」

「ただの人間には、強い力を持った方相氏は、怖かったのかもしれんなぁ」

おじいさんは遠い目で言う。

ふと、忍さんの言葉を思い出した。

――恐れの対象になるものは〝鬼〟とされ、排除の対象になった。常人よりも何かが欠けている者、逆に、常人では有り得ない力を持つ者もそれに当たるな。

「方相氏が、怖かった……」

ケガレを一閃(いっせん)した忍さんを思い出す。その時に、僕が抱いた感情も。

「もしかして、忍さんって……」

ケガレを祓(はら)い続ける方相氏の横顔は力強くもあったけれど、どこか哀愁を漂わせているようにも見えた。

「でも」と僕らのやり取りを見ていた男の子が口を開く。

「この神社は、ほうそうしを仲間はずれにしないんだね」

「そうじゃな。方相氏がケガレを祓う〝鬼やらい〟の儀式をやるのは、今ではとても貴重なんじゃ。うちに帰ったらもっと詳しく話してやるから、今はあの勇ましい方相氏の活躍を見ておくんじゃよ」

「はーい。――あっ」

男の子が驚きの声をあげる。境内の外から、雄たけびが聞こえたのだ。見ると、赤い鬼と青い鬼がやってくるではないか。虎縞（とらじま）のパンツをはいた、典型的な近代バージョンの鬼だ。

鬼面はごつくて恐ろしいけれど、赤や青の衣装が妙に新しくてシュールだった。それでも鬼に扮（ふん）した人々は、めいっぱい恐ろしい声を轟（とどろ）かせて走ってくる。その迫力に泣いてしまう子供もいた。

「ほら、悪い鬼がやって来たぞ！」

「ホントだ！　ほーそーしー、頑張ってー！　悪い鬼なんてやっつけちゃえ！」

男の子はヒーローショーを見ているみたいに応援を始めた。

舞台の上に駆け上がった二人の鬼と、四つ目の方相氏がにらみ合った。

子どもは目を輝かせ、大人はカメラや携帯端末で写真を撮っている。

僕も思わず、懐から携帯端末を取り出した。そして、なんとしても方相氏の雄姿を収めようと、鬼気迫る表情で撮影する人々の輪の中に加わったのであった。

神事が終わり、境内からは緩やかに人が掃けて行く。

「彼方君」

名を呼ばれて振り返ると、帰路につく人々の姿を背に、忍さんが立っていた。

「豆は取れたかね？」

「ええ、まあ。なんとか」

握り締めていた掌をほどく。透明な袋に入れられた福豆が顔を覗かせた。

「話には聞いていたんですけど、すっかり失念していて……最後の豆まきはほんと、圧巻ですね。人がどんどん前に殺到しちゃって」

人波に溺れてしまった。という一言は、恥ずかしくて付け加えられなかった。実はあっぷあっぷしながら、やっとの思いで地面に落ちたおこぼれの福豆を拾ったのだ。

「怪我がないのなら何よりだ。厄落としで怪我をしたのでは、本末転倒だからな」

忍さんは、腕を組んで何度も頷いている。「あ、そうだ！」と僕は思い出した。

「あの方相氏、忍さんですよね。とてもカッコ良かったです！」

「そ、そうかね……？」

少しばかり照れくさそうに、忍さんが微笑んだ。

大丈夫。もう、おそれはない。僕は真っ直ぐに忍さんを見つめた。

「忍さん、方相氏だったんですね。ああやって毎年、神事に参加しているんですか？」

「いや。特にケガレの濃いところに時折邪魔をしているだけだ。年や場所によって、まちまちだな」

忍さんは白い鳥居を見た。その下を、豆まきの戦利品ですっかり膨らんだトートバッグを手に、満足そうに帰るお婆さんの一団が歩いて行く。先程の母子とお祖父さんは、お守りの販売所で順番待ちの列に並んでいた。男の子は母親と手を繋ぎながら、満足そうに福豆の袋を振っている。

「厄落としの力って……凄いんですね。あんなに簡単にケガレ断ち切ったり、祓ったりして」

「簡単でもない。若い頃はよく失敗をして、自らの尻拭いに奔走したものだ」

「若い頃……」

忍さんは僕より年上に見えるけど、充分に若い。でもたぶん、見た目と年齢が一致しない人なんだろう。

空はすっかり晴れていた。日が傾きかけ、オレンジ色に染まりかけている。

「彼方君。なぜ、人々はこのような儀式をすると思う？」

「えっと、ケガレを祓うため……ですよね？」

「本当の意味でケガレを祓うには、余のような異能が必要だ。しかし、神事を行う者が皆、それを持っているとは限らない」

「あ、そっか」

「正しくは〝ケガレを祓ったと思うため〟だ」と忍さんは答えた。

「不安や悲しみ、怒りなど、ひとは容易に負の感情を抱く。時にはそれゆえに災いも起きる。それらを悪いもの——〝ケガレ〟のせいと考え、排除し、昇華しようとする。それは人間という弱い存在が、長い時間をかけて編み出した自浄行為だ」

「じゃあ、お祓いのパフォーマンスをすることで、安心するってこと……ですか？安心すればケガレも消えるから、結果的に祓ったことになりますし」

「左様。君は呑み込みが早いな」

忍さんに感心されると、ちょっと誇らしいような気分になる。

「普通はそれで済むのだが、ケガレが一定以上の濃度になると祓いきれなくなる。そこで、退魔の力が必要となるのだ」

「忍さんの出番ってことですね」

「ああ……」

忍さんは眉間に皺を寄せ、複雑そうに頷く。ここは自慢すべきところなのに。

その時だった。

「彼方どのー！」

緊張感のない声が響く。人ごみを掻き分けてやって来たのは、執事姿の真夜さんだ。

「真夜さん！　どうしてここに？」

「〝鬼やらい〟を見に来たので御座るよ。皆で」

長身の真夜さんの背後から、水脈さんと猫目さんが現れる。

猫目さんの手にしたトートバッグも丸々と肥えていて、思わず苦笑してしまう。

「彼方君、ご無事で何よりです。お誘いしようと思ってお探ししたのですが、既にこちらにいらっしゃるのではないかと、真夜君がおっしゃったので――」

そこで、水脈さんの声は途切れた。猫目さんもぽかんと口を開けている。

「おや、まあ……。もしかしたらと思ったのですが、忍君ではありませんか。お久し振りですね。五年ぶりでしょうか。お元気でしたか？」

水脈さんが嬉しげに駆け寄ってくる。忍さんはどこか照れくさそうに、「う、うむ……」と視線をそらした。

「余は変わりない。水脈殿も、息災そうでなによりだ」

「眉間の皺が相変わらずじゃねーですか。つーか皺、増えました？」

猫目さんは馴れ馴れしく眉間をつっきかけたが、忍さんの手がそれを軽く払う。

「やめんか。まったく、君は相変わらずだな」

昔馴染みとの再会を喜ぶ二人に、僕と真夜さんは完全に取り残されていた。

「随分と仲が良さそうで御座るなぁ」

「うん。同窓会みたいな雰囲気……」

しかし……。五年ぶり。……五年。妙に引っかかる年数だ。

僕の内心の疑問を察したかのように、猫目さんが振り向きざまにこう言った。

「彼方さんの部屋に住んでた方ですぜ」

「あ、ああ！」

全ての疑問が氷解した。なるほど、あの渋い行灯スタンドは忍さんの趣味だったのか。それに、入居したときテレビがなかったことにも納得がいく。忍さんには、テレビよりも書物の方が似合いそうだ。しかも、和綴じの。

「ああ。彼方君はあの部屋に住んでいるのかね？　些か近代的すぎて、余には不釣り合いであったが……彼方君ならば使いこなせるやもしれんな」

「……は、はぁ」と曖昧に返す。僕にはあの部屋は、少しばかりレトロ過ぎた。

ここで、真夜さんが首を突っ込んだ。

「この間、カラーテレビを入れたので御座るよ！」

「ほう。文明の利器を取り入れているのだな。ならば、あれは入れたのかね。寒い日にはあれが必要だろう？」

「エ、エアコンですか？」

「いや……、何と言ったかな。余は横文字が苦手でな。ハイカラな暖房器具なのだ。確か、オイルヒーターとか」

「……入れてませんけど、それなら一周回って流行ってるところですね」

石油ストーブ時代に、ヨーロッパからやってきた暖房器具である。オイルヒーターの中の油を温めて、放熱板から放熱する仕組みだ。安全で静かだけど、いかんせん、暖かくなるのが遅いらしい。が、移動できるし局所的に暖められるので、近年では寒いキッチンで家事をする奥様方からの支持を得ているらしい。

「あの部屋も、良い借主に恵まれたのならなによりだ」

忍さんは踵を返す。

「では、これにて失礼しよう。余の役目も終わったことだしな」

「水無月堂に、寄られてはいかがですか」

水脈さんの誘いに、忍さんは振り向かずに答える。

「またの後日に。しばらくは東京にいるつもりだ。幽落町にも、改めて遊びに行く」

「そうしてくださいな。皆さん、喜びますよ」

「……うむ」

わずかな沈黙の後、忍さんは頷いた。

「ではな、彼方君。今日は有難う。達者でいるのだぞ」

「ええ、忍さんも。また会いましょう。色々と、お話も聞きたいですし」

「大した話は持っていないぞ。ま、君は自分と浮世の生活を大事にしたまえ。見たところ、心身ともに、実に健全な青年のようだからな」

向けられた言葉にきょとんとする。忍さんは、構わずに続けた。

「水脈殿も、また。……猫目君は、あまり彼方君を苛めんように」

「いじめてねーですし。ぜーんぶ愛情表現、愛情表現」

愛情とか言えば許されると思ったら大間違いだよ。と僕は心の中で呟く。

「迷い家の御仁。次に見える時には、改めて話をしたい」

「えっ！ 拙者の正体が、分かるので御座るか？」

目を丸くする真夜さんに忍さんは答えず、「ではな」と歩き出す。やがてその大きな背中は雑踏の中へと消えた。

「真夜さんのこと、一目で見抜いていたね」

「……不思議な御仁で御座るなぁ。それに雰囲気が、鼎殿に似ているような気がするので御座るが」

「お祖父ちゃんに？」

「常世との、強い縁を感じるので御座るよ」

祖父も、不思議な人だった。自然の声を聞き、アヤカシを感じる人だった。

「忍君は、常世に近しいひとでしたから」

そう言う水脈さんは、少しだけ寂しそうに微笑んでいた。

「ひと、だった……？」

「……そう。忍君は、もともとは浮世の人間だったのです」

水脈さんは重い口を開いてこう続けた。

「でも、常世にいた時間が長過ぎて、完全に常世の側に――アヤカシになってしまったのです」

「常世にいた時間が……長過ぎて……？」

息が詰まった。ごくりと喉が鳴る。

忍さんは〝人〟だった。最初は正しく浮世の住民だった。しかし、常世に留まりすぎたせいで〝アヤカシ〟になった。

その言葉が、僕の頭の中をぐるぐると駆け巡る。

「それって、誰でもそうなの……？」

「ええ。彼方君、あなたも例外ではないのです」

水脈さんは目を伏せ、猫目さんは気まずそうに目をそらす。

一年以上いるのは良くない、とは、そういうことだったのか。

「……まあ、さすがの小生も、彼方さんにアヤカシになれとは言いませんぜ。もう、豆腐小僧の豆腐を食わせたりしないから、安心してくだせぇ」

「でも、僕が幽落町からいなくなったら、龍頭神社の縁日の神事はどうするの？」

「また、テキトーな学生を連れてくるんじゃねーですか？　彼方さんみたいに、騙されやすい田舎者とかを」

猫目さんは肩を竦める。叩く軽口も、何だか歯切れが悪い。

いつもなら千葉県民の誇りを込めて噛みつくところなんだろうけど、今の僕はそんな気にはなれなかった。

僕が幽落町にやって来たのは、四月の入学式前だ。そして、今日は節分。あと一か月と少ししかない。その期限が過ぎたら、僕は幽落町から離れ、浮世で生活しなくてはいけない。いや、それこそが僕が望んだ正しい学生生活のはずなのに……。

「彼方殿。もし、彼方殿が浮世で生活をされるようになっても、拙者だけは付いて行くで御座るよ。拙者に帰る家は御座らん。何故なら、拙者が家で御座るからな！」

真剣な表情の真夜さんに、「ありがとう」と、僕は力なく笑った。

真夜さんが一緒に来てくれるということは、素直に嬉しい。でも、水脈さんと猫目さんの居場所は水無月堂だ。そして、幽落町のみんなには、幽落町での生活がある。家族のように慣れ親しんだ彼らと、離れ離れになるのは寂しい。

「浮世に行ったら、もう、二度と常世には……幽落町には行けないのかな」

「……とても、難しいと思います。そもそも今までは常世の者だったから、境界を自由に行き来できたのです。浮世の方になったら、よほどの条件が揃わなければ……」

水脈さんは、それ以上の言葉を濁す。

「そっか……」

「彼方君には、この先に道が御座います。あなたはまだお若い。常世のことは思い出にして頂いて、前に進んでくださいな。それにほら、たまには遊びに行きますから」

「……うん」

水脈さんの手が、そっと肩を抱いてくれる。その優しさが、今は辛（つら）い。

でも、それなら……と僕は考えていた。忍さんは、どうしてずっと幽落町に住んでしまったんだろう。僕よりは年上だけれど、若い人だった。未来もあっただろうに。

水脈さんと猫目さんは僕を束縛しようとしない。むしろ僕のためを想って、自らのデメリットには目を瞑（つぶ）って、浮世への戻り道へと送り出そうとしている。

ではなぜ忍さんは……？　疑問を口にすると、水脈さんは切なげに目を伏せた。

「忍君は、自らの意思で留まったのです。あの子にとって浮世は、それは居辛い場所だったのですよ」

意外な言葉に驚いた。だって、あんなに堂々とした人が？

「忍君は、元々お力の強い子でした。浮世にいた時も、アヤカシを見、ケガレを祓う
ことが出来たのです」

強い力。鬼。方相氏。そして、忍さん。

それらが繋がって、一本の線になった気がする。

「もしかして、その強い力を恐れられて……」

「ええ」と水脈さんは悲しそうに頷く。

「忍さん、そのせいで人里から離れて暮らしてたんですわ。山ン中で、おひとりでね。畑を耕して、自給自足の生活だったらしいですぜ。で、じきに境界に入れるようにな
っちまったそうで。んで、流れ着いた先が幽落町ってわけですわ」

なにしろ常世に親和性が高すぎるお人でしたからね、と猫目さんはぼやいた。

「忍さんは、本当の意味で方相氏だったんだね……」

方相氏から鬼への変遷。禍を祓う者が、禍とされて祓われる。

忍さんも、浮世で酷い目に遭ったんだろうか。そう考えると胸が痛む。

「忍さんがいた頃の幽落町は、ケガレもそれほど溜まらなかったんですがね。あのお
人は、そこにいるだけで、ちょっとした結界になりますし」

網戸みたいなもんですよ、と猫目さんはおどけて付け加えた。

開けっ放しの窓でも、網戸を閉めていれば虫はほとんど入り込まない。けれど、網戸が外れてしまったら、虫は入り放題になってしまう。

「そっか……。それで、忍さんがいなくなったから……」

「ええ」と水脈さんが申し訳なさそうに頷く。

五年の時間をかけて、水脈さんを苦しめるほど濃厚な〝ケガレ〟が、町に溜まっていったのだ。

「彼方さんを連れてくる前に、忍さんにコンタクトをとってみたんですがね。丁度、でかい災害があった直後だったもんで、あのお人、そっちにかかりっきりになってたんですわ。それで、こっちは我々でどうにかするしかねぇって思った次第でして」

猫目さんはそう言って、僕を見た。

「そっか。それで、新しく浮世の人間を連れてこようと思ったんだね」

「そういうことで。神事を滞りなく行うことが最優先だったんですよ。そもそも、幽落町にケガレが溜まった状態では、忍さんができることも限られますし」

「ああ、だよね。虫が入った部屋に網戸をやっても、これから侵入する虫を防ぐくらいしかできないもん」

「まあ、あれほどの退魔の力があれば、部屋に入っちまった虫も、どうにかできちまいますがね。でも忍さんは、ケガレになった亡者と、生者のケガレは違うって言うんですわ」

猫目さんがボソッと呟く。

忍さんの力は、相手を退治してしまうものだ。それは、憂いを抱く者の浄化を望む水脈さんにとって、本意でない決着をつけてしまう強すぎる力だ。

あれだけ苦しみ、悲しんでいた亡者達が、一刀のもとに斬り伏せられるのだとしたら、僕も悲しい。

水脈さんの気持ちも、僕の気持ちも、そして忍さんの気持ちも、きっと同じだったに違いない。だから、忍さんは幽落町を出たのかも……。

「水脈さん、猫目さん、真夜さん。ちょっと行ってくる！」

気付いた時には、駆け出していた。水脈さんの「いってらっしゃいませ」と見送ってくれる声を背中で聞き、鳥居をくぐって外に出る。

辺りを見回すと、そこにいた。

五條天を後にする人波に紛れ、不忍池へ向かう忍さんの背中が見えた。

忍さんの姿はやはり、浮世離れしていた。それは、決まりすぎている和装のせいではない。忍さん自身が、浮世の空気を寄せ付けないようにしているみたいなのだ。

「忍さん！」

「む。どうしたのだね？」

忍さんがゆるりと振り向く。

下り坂の道を転がるように駆け下りた僕は、何とか忍さんに追いついた。急ぎ過ぎたせいか、冬だというのにコートの中は汗だくだ。

「い、いえ。どこに行くのかなって」

「人気のない場所で落ち着こうと思ったのだがね。考えてみれば、上野はいつでも、どこへ行っても人が多かったな」

忍さんは苦笑する。

「その……、人、苦手ですか？」

そんな気がした。歩いていても、早足で人を避けているようだったから。

「いや。居場所がないような気がしてな。余の力が必要とされる時以外は、浮世に歓迎されている気がせんのだよ。過ぎたるは猶（なお）及ばざるがごとしとも言うしな」

「忍さん……」

「失礼。君に話すことでもなかったな」

「いいえ。話してください！」

つい声をあげてしまった。忍さんは目を丸くしている。

「すいません……。出しゃばった真似を」

「君は、面白い青年だな」

忍さんの眉間に刻まれた皺が、わずかに和らぐ。

気づいてしまった。眼光が鋭いせいで分かりにくいけれど、忍さんの瞳は、ずっと哀しげだった。

「忍さん。幽落町には戻らないんですか？　その、またあの部屋に住むとか……」

僕の契約はもうすぐ切れる。そうしたら、忍さんがもう一度、あの部屋に住むことは可能だ。水脈さんたちと一緒なら、忍さんの憂いも晴れるのではないだろうか。

けれど、忍さんは首を横に振る。

「幽落町に住む気はない」

「どうしてですか？　水脈さんや猫目さんだって、他のみんなだって、忍さんのことを好きでしょうし」

水脈さんと猫目さん、それに豆腐小僧の言葉からは好意があふれていた。

それでも、忍さんは頑なに首を横に振った。

「あそこは居心地がいい。だからこそ、余は離れたのだ」

「どうして……」

「余は、浮世の人間だからな」

この一言で、悟ってしまった。

忍さんは無意識のうちに、浮世に未練を持っていた。たぶんずっと、浮世に受け入れてもらいたかった。その時を迎えるには既に遅く、彼はすっかり常世側になってしまっていたけれど……。

今の僕がそうであるように、常世の者は浮世では生活できない。僕の場合は豆腐効果に基づく一時的なものだけど、忍さんは違う。

この先ずっと、浮世での生活はままならないのだ。

排除されながらも焦がれ続けた世界に、もはや安住の場所がない。永遠に。

そんな忍さんの憂いは、どうやったら晴らせるんだろう。水脈さんも、忍さんの抱えるジレンマにはとうに気づいていて、苦心しながらその憂いを晴らそうとしたに違いない。でも、晴らせなかった。

水脈さんが、常世のひとだから。

「えっと、その……。そういう人ばっかりじゃ……ないと思います」

「ん？」

「忍さんを鬼扱い……ううん、怖がる人ばかりじゃ、ないと思います。五條天神社みたいに、ちゃんと本質を理解して、歩み寄ってくれる人はたくさんいるはずです」

忍さんは苦笑を漏らす。

「誰もが君のような人間ならば、良かったのだが」

「僕は、そんな……」

忍さんの憂いを晴らしたい。思いは、ただ一つだった。

ふと、視界の隅に映るものがあった。神社で方相氏を熱心に見ていた男の子と、そのお祖父さんと母親だ。無事お守りを授かって、帰るところなんだろう。

「あっ、ほうそうしだ！」

男の子は走り出す。忍さんを目がけ一直線に。

「こらこら。そのお兄ちゃんは違うでしょう」

母親が止めようとするが、「違くないもん！」と聞かない。

男の子の迷わない瞳に、忍さんは戸惑っているようだった。

坂道を駆け下りた男の子は、勢いが止まらずに躓いて転んでしまった。

「あっ」

ゴッと派手な音がする。忍さんが誰よりも速く駆け寄った。

「大丈夫かね？」

「うぅ……」

男の子は何とか顔を上げる。擦り剝いた膝小僧に手をあてて、今にも泣きそうだ。

母親と僕も慌ててそちらへ向かった。お祖父さんも、ちょっと遅れてやって来た。

「……うっ、ぐすっ」

すると、忍さんが傍らにそっとしゃがみこんだ。

「そら。男子がこれしきの傷で泣いてはいけないぞ。余がまじないをかけてやろう」

男の子の膝に手をかざす。そして、低くやわらかい声でこう唱えた。

「痛いの痛いの、飛んで行け」

ふわりと、男の子の前髪を風が撫(な)でた。その風は、僕と母親の間をゆるやかに抜けていく。

「い、痛くない……」

歯を食いしばって顔を四角くしながら、男の子は立ち上がった。

「よし。それでこそ男だ」

ぽむ、と男の子の頭を撫でる。忍さんにそう言われた男の子は、誇らしげに笑った。

「あとでちゃんと膝を洗いたまえ。黴菌(ばいきん)が入るといけないからな。母上殿に消毒をして貰(もら)うのも忘れてはならんぞ」

「うん。分かった」

男の子は力強く頷(うなず)いた。

「ありがとう。ほうそうしのお兄ちゃん！」

弾(はじ)けんばかりの満面の笑み。自分に向けられたそれに、忍さんは言葉を失った。

「…………ああ」

長い沈黙の後、静かに頷く。

帰りしな、母親が何度も頭を下げ、男の子はずっと忍さんに手を振っていた。

そちらにゆっくり手を振り返し、僕に向き直った忍さんは、ぽつりと言った。

「……子供には、分かるものなのだな」

優しい表情をしている。僕まで嬉しくなった。

「あの子、ヒーローを見るような目をしてましたよ。戦隊ものとか、仮面ライダーとかと同じ位置づけなんですよ、きっと」

「戦隊？　ライダー……？」

「正義のヒーローってやつですよ。子供の憧れなんです」

そういう僕も、幼い頃は夢中になっていた。ヒーローが使う変身アイテムが欲しくて、おもちゃ売り場で岩のように動かなかったのもいい思い出だ。

「子供の憧れ……か。それは何やら、こそばゆいな」

「きっと、あの子だけじゃないと思います。忍さんが全国を巡っているのなら、その土地ごとに密かなファンがついているはずですよ」

「……そ、それは、言い過ぎではないかね？」

動揺する忍さんに、笑ってみせる。

「事実です、きっと。ケガレを祓われた人は、忍さんに感謝をしているでしょうし。

みんな、忍さんを必要としていると思うんです」

「余が、必要とされている……？」

「そうですよ。その強い力だけじゃなくて、忍さんの頼もしくて優しい人柄を、好きだと思っている人もいるはずです。そう、僕みたいに！」

それを聞いた忍さんは、呆気(あっけ)にとられたみたいにぽかんとしていた。

だが、ややあってこう言った。

「彼方君はやはり、着眼点が違うな……今まで、余はそんな風に考えたことはなかった。本当はこれまでにも、あの少年のように〝鬼〟としての余を受け入れてくれる者が、いたかもしれないというのに……」

――ありがとう。ほうそうしのお兄ちゃん！

男の子の笑顔をもう一度探すように、忍さんは今きた道を振り返った。

その表情は、僕からでは見えない。けれど。

ふと、忍さんの足元が濡(ぬ)れた。

雨、ではない。空を見上げても、晴れ渡って雲ひとつないのだから。

もしかして、と忍さんの横顔をそっと覗(のぞ)く。その頰が、濡れているように見えた。

やっぱりこの人の居場所は、浮世なんだ。

「ありがとう、彼方君。君のお蔭(かげ)で、気付くことができた」

「い、いえ！　そんな、別に、僕は」

咄嗟に手を振ってみたが、はっと我に返った。

「そう、ですね。ちょっと頑張ってみました、男として！」

ぐっと拳を握ってみせる。

忍さんは相変わらず眼光の鋭い三白眼で、眉間にも皺が寄っている。けれど、先程よりわずかに晴れやかな表情には、穏やかな光が宿っているみたいだった。

「うむ。君は実に頼もしい男子だ」

忍さんの拳が重ねられる。僕の拳より大きくて逞しい。戦ってきた男の手だ。

「男に二言は無いと言うが、これればかりは撤回せねばな。やはり、水無月堂にはすぐに向かおう。水脈殿達に土産を買っていたことをすっかり失念しておった」

「お土産ですか？　何処に行ってきたんです？」

「千葉だ。遠出のついでに、千葉に寄ったのだよ」

「千葉！」

思わず声が上ずった。

「どうしたんだね。目をひん剝いて」

「ち、千葉は僕の実家があるところなんですよ」

「ほう、そうなのかね！」

忍さんは目を瞬かせる。何という偶然だ。

「ちなみに、千葉では何を？　やっぱり、ピーナッツですか」

「〝なごみの米屋〟の栗羊羹だ」

「わー、あそこの羊羹は美味しいですよね！」

水脈さんも大好物だったはず。さすがは忍さん。ばっちりツボを心得ている。

「余は、羊羹に少々煩くてな。持ち歩いて良し、糖分補給に隙なしということで、旅先では必ず羊羹を食すのだ。中でも〝なごみの米屋〟の羊羹は、格別に美味い。実に堅実な味だ。丁寧に造られていて、小豆の味をよく活かしている。栗もまた絶品でな。あの辺りで採れる芝栗を使っているのだろう？」

忍さんは朗々と語り出す。しかも、地元民である僕より詳しい。

「つい買い過ぎてしまうのがいかんな。ほら、見たまえ」

忍さんは、持っていた大きな風呂敷をめくってみせる。桐箱を包んだ風呂敷の他には、びっしりと羊羹のパッケージしか見えない。

「これ、全部お土産ですか……？」

「いや。余は、一日に一本の羊羹を食さないと気が済まんのだ」

「へ、へぇ……。食べ盛り、ですね？」

これは、水脈さん以上の甘党大食漢なんじゃないだろうか。

「彼方君もどうだね。男の友情の証として、一本受け取りたまえ」

「わ、わぁい。ありがとうございます……」

ずいっと羊羹を差し出される。もちろん受け取った。男として。

「すごい。これ、結構高いやつですよね。僕、一口羊羹ばっかりで」

「む。それはいかんな。確かに、あそこの一口羊羹は種類が豊富だし、味に遜色はない。しかし、羊羹はやはり、まるごと一本を豪快にかぶりつくのがいい。ああ、しかし水脈殿は切り分け派だったな。どうしても、そこだけが合わんかった……」

いいじゃないですか。どうせ二人とも、まるまる一本を平らげちゃうんだから。とは、口に出さなかった。……男として。

「ときに、猫目君は食が細いと思わんかね？　羊羹を半分しか食べられないのだ。いつも彼が完食を断念するから、残りを水脈殿と余で分けて食べたのはいい思い出だ」

むしろ半分まで食べた猫目さんがすごい。僕は三分の一がせいぜいだろう。

「よ、米屋と言えば、ぴーなっつ最中も美味しいですよねー。ピーナッツ餡が濃厚で、いかにも千葉って感じで好きですけど」

「ああ。確かに美味だな。ぴーなっつ饅頭も気に入っておる。しかしやはり、羊羹だな。米屋の元祖ともいえる栗むし羊羹もまた――」

忍さんはどうしても羊羹に話を戻してくる。その表情は、かつてなく活き活きとしていた。もはや恍惚(こうこつ)といってもいい。

……片手に携えた栗羊羹が重い。

真夜さんと一緒に食べれば、何とか一本、片付くだろうか。

「それにしても……」

僕の帰る場所は、すっかり幽落町になっている。けれど、僕もまた、忍さんと同じ浮世で生まれた者だ。居場所は、浮世であるべきなんだ。

それでも……。

水脈さんや猫目さん、そして、幽落町から離れたくない。

忍さんの歩調に合わせて、僕は早足で神社へと戻る。少しでも長く、幽落町の皆と一緒にいられるようにと。

第三話
ぼくのいばしょは

春が近づいていた。

桜のつぼみが色づき始め、花開くタイミングを今か今かと待ち侘(わ)びている。新生活を始める人が動き出す季節だ。

「ねえ、真夜さん。この家はどう思う？」

不動産屋でコピーしてもらった物件の間取り図を受け取ると、真夜さんはサッと顔色を変えた。

「ま、まさか、拙者を見捨てるので御座るか？　それとも浮気(うわき)？　浮気で御座るな？　いずれにせよ、やめて下され、彼方殿！」

「見捨てないよ⁉　っていうか、浮気って何⁉」

「彼方殿は拙者というものがありながら、別の家を……」

真夜さんは白いハンカチを目に当てて、さめざめと泣いている。

僕らがいるのは、幽落町商店街の突き当りにある、龍頭神社の石段だった。

空は相変わらずの黄昏(たそがれ)色で、狸の子供たちのはしゃぐ声が遠くに聞こえた。

「ああ、ごめん。真夜さんは〝迷い家〟だもんね。執事の印象が強すぎて、すっかり忘れてたよ」

「拙者、本来は家属性で御座るからな。ゆめゆめ、お忘れなきよう！」

家属性。真夜さんはまたもや、新たなる言葉を生み出していた。

「いっそのこと、真夜さんが家の姿になってくれれば、こうやって物件を探さなくてもいいのかなぁ」

僕のぼやきに、真夜さんは難しい顔をする。

「彼方殿。あるはずのない場所に家がある、というのが〝迷い家〟の基本で御座る。つまり人口密集地では拙者、家としての出現が困難なので御座る。どうしても東京の物件をご所望であれば、せめて奥多摩(おくたま)の山奥あたりを拠点にしていただかねば……」

「奥多摩からじゃあ、通学、厳しいかな……」

通学時間の許容範囲は、せいぜい三十分以内だ。以前、奥多摩手前の秘境駅、白丸(しろまる)駅から都心まで戻ってきたことがあったけど、そこからですら随分と苦労した覚えがある。さらに山奥となったら、どうなってしまうやら。

「む。しかし、都心にも木々が茂って、人気の少ないところが御座ったな」

「木が多いっていうと、上野公園とか？　でも、あそこは人多いよね」

「上野よりもずっと、よき場所で御座るよ」

真夜さんは自信満々だ。もう嫌な予感しかしない。

「ど、どこ？」

「天皇陛下のお住まいの近くで御座る」

吹上御苑(ふきあげぎょえん)。

東京ドーム二十五個分の面積と言われている、都心の森林だ。以前はゴルフ場として整備されていたけれど、昭和天皇の鶴の一声で自然をそのまま残すことになったという。周辺のヒートアイランド現象を抑える役目も担っているとか、珍しい動植物がいるとか。年に一回しか一般公開されないという、都会のロイヤル・オアシスだ。

とにかく、〝迷い家〟を出現させていい土地ではない。

「だめ、絶対にダメ！」

「誰もが憧(あこが)れる都心で御座るよ」

「都心すぎるよ！　真ん中オブ真ん中だよ！　憧れを通り越してるよ！」

「左様で御座るか……」

真夜さんはしょんぼりと肩を落とした。

「まあ、住むなら中野(なかの)や高円寺(こうえんじ)かなぁ。荻窪(おぎくぼ)あたりもいいらしいけど。住みやすかったら、大学まで多少時間が掛かってもいいかな」

「では、奥多摩に……」

「奥多摩はいけません！」

僕はぴしゃりと言った。

「それでは、拙者の立場というものが……」

「もういいよ、真夜さん。今まで通り、家事を手伝ってくれるだけで十分だよ。僕はそれ以上望まないから」

それは本心だ。僕は真夜さんの背中をポンポンと叩く。むしろ、家になれたら、という余計な話題を振ってしまって申し訳ないことをしたと思っている。

「彼方殿は、優しいお方で御座るなぁ……」

「うーん。マッチポンプな気もするけど」

「良き六畳一間が見つかるといいで御座るな」

「いや、別に好きで昭和の六畳間に住んでたわけじゃないからね？」

大家さんの水脈さんには申し訳ないけれど、僕が住む部屋はとにかく狭い。いいや。広さよりも古さが問題だ。トイレは水洗じゃないし、お風呂もない。幽落町だからなのか、水脈さんが大事に持っていたからなのか、よく平成の時代にあんな物件があったな、と感心するほどだ。

「せっかくだし、次はもう少し広い家がいいな。バス・トイレ付で」

「やはり、汲み取り式で？」

「水洗で！」

百歩譲ってトイレは和式でも構わない。でも、水洗は譲れない。

「楽しそうだね。何を話しているんだい？」

チリンと自転車のベルが鳴る。いつの間にか、神社の石段の下には紙芝居屋さんが立っていた。

「蘇芳さん……」

紙芝居の道具を載せた自転車を引く、小柄な人物だ。目深にハンチング帽を被り、雰囲気も大人びているために気付きにくいが、少年の姿をしている。羽織ったマントの裏地は、黄昏の町の色だ。

「新居の話をしてるんだ」

「おや。あの家を離れるのかい。最初は不便そうにしていたけれど、もう、すっかり慣れたじゃないか」

蘇芳さんは相変わらずだった。普通は知り得ないようなことまで、まるっとお見通しなのだ。僕を監視でもしているんだろうか。

「最初からそういう約束だったんだ。僕がここに住んでいたのは、豆腐小僧の豆腐を食べて、生きながらにして常世の住民になったからだし。でも、もうすぐその効果が切れるから……」

「それは残念だなぁ」

ハンチング帽のふちを持ち上げると、蘇芳さんは大げさに眉尻を下げた。

「折角、こちらにも馴染んできたんだ。遠慮せず、ずっと住めばいい」

馴染んできた。その一言に、ぞっとした。

方相氏の忍さんのことを思い出す。あの人は常世にいる時間が長すぎたせいで、アヤカシの道に落ちてしまった。そして、そのことを後悔しているようだった。

蘇芳さんの誘いに、僕は首を横に振るしかなかった。

「……ずっとここにいることは、できないんだ」

「なぜだい？」

「僕の生活の基準は、浮世なんだよ。家族もいるし、学校もある。だから浮世からは離れられないんだ」

「ふぅん」

蘇芳さんは目を細める。

「もしかしたら、そう思い込んでいるだけかもしれない」

「……どういう、こと？」

「浮世のものは浮世に住まうべきという、陳腐な先入観に囚われているだけなのかもしれない。君はこんなにも、常世に未練を抱いているというのに」

「常世に、未練……？」

胸がざわつく。水無月堂で水脈さんや猫目さんと一緒にご飯を食べる、温かな風景が心に浮かんだ。

「彼方。君は、常世の生活を失っても、生きていけないのだよ」

チリン、と自転車のベルの音が響く。

気付いた時にはもう、蘇芳さんの姿はなかった。

「彼方殿……、大丈夫で御座るか？」

真夜さんに揺さぶられてハッとする。なんだか悪い夢を見た時みたいに、首筋に汗が伝っていた。

「……うん。大丈夫……、なんとか……」

「今のは、一体」

「蘇芳さんのこと、また、よく見えなかった？」

「人の姿をしていたような気が、するので御座るが……」

真夜さんはしきりと首をひねっている。以前も、真夜さんだけが蘇芳さんの姿を見られずにいた。僕と水脈さんと猫目さんには、はっきりと見えたというのに。

「とにかく、お気を付けくだされ。拙者、そやつの気配に全く気付けなかったので御座るよ。まるで泡が湧いて出たみたいに、唐突に現れたので御座る」

「……分かった」

真夜さんは直感が鋭い。そんな彼の目を欺くなんて、蘇芳さんは何者なんだろう。

「ねえ、真夜さん」

「何で御座るか？」

「真夜さんは、まだ、お祖父ちゃんに未練があるんだよね」

次の瞬間、真夜さんの顔が強張った。

「い、いきなりどうしたので御座るか？」

「さっき蘇芳さんに、未練が云々って言われたから、思い出しちゃって。真夜さんはほら、よくお祖父ちゃんの話を口にするじゃない？」

「確かに、そうで御座るが……」

「こうやって並んで話すのも、お祖父ちゃん相手だったらもっと良かったのかな――なんて」

軽い口調で水を向ける。でも、真夜さんは笑っていなかった。

「……拙者は、彼方殿とこうしてお喋りをするのも、好きで御座るよ？」

今にも泣きそうな顔だ。僕は慌てて、「ご、ごめん、ごめん」と謝る。

「変なこと言っちゃった。今の、忘れて、忘れて！」

「彼方殿は……」

真夜さんは、うつむきながらぽつりとこぼす。

「いいや。彼方殿こそ、鼎殿に会いたいのではないで御座るか？」

「……う」

否定できなかった。

こんな時、祖父だったらどうするだろう。何てアドバイスをしてくれるんだろう。

そんな想いが、頭を渦巻いていた。

自転車のベルの高い音が耳にこびりついている。

蘇芳さんの謎かけのような言葉を繰り返すみたいに、それは耳の奥でずっと反響していたのであった。

「彼方っち。カツカレーはみ出しそうだよ」

奈々也君に指摘されて、慌てて口を拭（ぬぐ）った。

その日、僕は大学の友人である綾瀬（あやせ）奈々也君と一緒に、学食で夕食をとっていた。

奈々也君は油そばをすすりながら、心配そうにこちらを眺めている。

「大丈夫？　目がうつろだったけど」

「う、うん。まあ」と曖昧（あいまい）に笑う。

「悩みごと？」

「悩みっていうか……」

ある事情があって、今の住所から引っ越すことになった。新しい住まいを探さなくてはいけないのだけれど、全く捗っていない。そんなことを簡単に説明した。

「それは彼方っち。寂しいんだよ」

「やっぱり、そうなのかな……」

「そうじゃないわけがないって。だって、俺と飯食わないときは、大家さんのところで食べてたんだろ？　ついでに大学から帰ったら、必ずってほど寄ってたんだろ？　そりゃあ、愛着も湧くさ。家族同然だもん」

奈々也君は、尤もらしく頷いた。

「家族、同然……」

「っていうか、一年契約って短くない？　普通の物件は二年契約だよな。やっぱり、有楽町みたいな一等地だと違うのかなぁ」

「う、うぅん……」

奈々也君の誤解を耳にするたび、何とも複雑な気持ちになる。住んでいるのは有楽町じゃなくて幽落町だし、真の有楽町には一歩も足を踏み入れたことがないのだ。

「契約更新して、一年延ばせないの？」

「へ？」

思わず、変な声が出る。奈々也君は真面目そのものといった顔つきで、こちらを見つめていた。

「賃貸のルールって、そんな感じじゃなかったっけ。その先もずっと住みたければ、契約を更新して――って。彼方っちも、住み続けたいなら大家さんに相談してみたら？　そのよくわからない事情ってのが気になるけど、あんな美人な大家さんだったら余裕で更新してくれそうだし」

美人かどうかは関係ないような気がするけど……契約更新。考えもつかなかった言葉だ。でも更新して住み続けたら、それこそ忍さんと同じ道を辿ってしまう。

「で、次に住むところの目星はついてんの？　六本木？　青山？　ああでも、やっぱり銀座かな」

「僕、銀座に住んだら一日で死ぬと思う」

「早いよ！　てか、銀座はそんなに危険な場所じゃないよ」

「いいや。僕にとっては危険なんだ。あの高級感、本気でやばい」

確実に、あの高級感で死ねる。あればかりは東京に一年暮らしても二年暮らしても、絶対に慣れないだろう。

「住むなら、ザギンでもなく、ヒルズ族や青山族もいない、平和なところがいい」

「ちょ、彼方っち……。ザギンってホントに言ってる人、俺初めて見たかも」

奈々也君が、なぜかごくりと息を呑んでいる。

「それに、ヒルズ族はともかく、青山族ってナニ？」

「なんかこう、ほら、青山にいそうな人っていうか……」

「そ、そっか。あ、でも平和の基準はよくわからないけど、麻布は住み心地がいいって聞いたことがあるぜ」

奈々也君は、不動産屋さんが挙げる気配すらなかった地名を口にする。

「と、とにかく、家賃六万円前後で、バス・トイレ付の、倉庫じゃないところで……」

カツカレーを口にしながら、僕は消えてしまいそうな声でそう言った。


大学を後にして、池袋の不動産屋さんへと向かう。大手のお店でテレビのコマーシャルを頻繁にやっているところだった。

思えば一年近く前、そこで猫目さんと出会ったのである。

「今から部屋探し？　そんなの遅い遅い。何処も埋まっちまってますぜ」

初めて会った時の猫目さんは、スーツをきっちりと着込み、何食わぬ顔で僕に近づいてきた。

「早い人は、秋ごろから物件を探しますからね。冬が終わるころには、いいところはサッパリ見当たらなくなるんですわ」

「えー……。じゃあ、これももう無いんですか?」

ネットで公開されていた間取り図を見せる。西巣鴨の1Kアパートだ。西巣鴨なら大学に近いし、池袋にも近い。平日は勉学に励み、休日は池袋に遊びに行ける。実に有意義な大学生活が送れるはず、だった。

「ああ。築年数がそれなりだけど、日当たりは悪くねぇですね。でも、残念。こいつは先日決まっちまいましてね」

「でも、ネットで公開されてましたし……」

「ネットは情報が遅いんですわ。リアルタイムに更新できねぇもんで」

そう言って、猫目さんはパソコンのキーボードを軽快に叩いた。

今思えば、言っていることは全部でたらめだったかもしれない。けれど、僕はすっかり猫目さんのペースにはまっていた。

「おっと」

猫目さんの手が止まる。

「お客さんは運がいい。偶々、別の物件でキャンセルが出ましたぜ。しかも、こいつはいいところだ」

「いいところ?」

「ええ。家賃が四万円なんですわ」

「四万円⁉」

僕は思わず目をむいた。が、すぐに冷静さを取り戻す。

「倉庫じゃないですよね？」

「倉庫じゃねーですよ」

「三鷹とか、中野？」

その辺は穴場だと聞いていた。けれど、猫目さんは首を横に振る。

「聞いて驚きなせぇ。なんと、ユーラク町ですぜ」

「有楽町！」

「しかも、南向きで周辺に高い建物がないんですぜ！」

「すごい、日当たり良好じゃないですか！　東京って、ビルがせめぎあってるから、日当たりがいい物件ってマンションの高層階だけだと思ってたのに！」

「はっはっは。まあ、今ならば契約出来ますぜ。どうします？」

猫目さんの金の瞳が光る。

「契約します」

即答だった。

こうして純真無垢な田舎者の僕は、まんまと罠にはめられてしまったのだ。

今回も騙されてなければいいんだけど。

間取り図を眺めながら、僕は不動産屋さんを後にする。

インターネットの紹介サイトは、確かにリアルタイムではないものもあるらしいし、決まってしまった物件がそのまま掲載されていることもあるそうだ。ひどいところだと、空いてもいない極上物件を餌にして客を集めようとする会社もあるらしい。

とはいえ、田舎者の青年を強引に常世へ連れて来て、挙句の果てに一年間、そこで過ごすしかない体に改造する非道に比べたら、どれも可愛い手口だと思うけど。

「……最初はひどかったけど、なんだかんだ言って、楽しかったよなぁ」

ぽつりと呟く。

水脈さんや猫目さんに会えた。心優しいアヤカシにも会えたし、憂いを抱えた亡者にも生者にも会えた。祖父の友達である真夜さんにも会えた。そして、水脈さんがいろんな事件を解決するのを間近で見られたし、僕自身、頑張ったこともあった。

濃い一年だった。とても充実していた。

だからこそ手放したくなかった。素晴らしい一年を、共に過ごした人々を。

「今日は、幽落町に帰りたくないな……」

水脈さんに会いたいけれど、会いたくなかった。会えばまた離れがたくなるから。それでも帰らないわけにはいかない。僕はまだ常世の者だ。常世から一定時間以上離れていると、存在そのものが消滅してしまう。

暗くなりかけた池袋の町で、僕は境界を探した。

都会は入り組んでいて、境界も多い。適当な路地裏を見つけ、入り込もうとしたその時だ。見覚えのある自転車が視界に入ったのは。

「蘇芳さん……？」

路地裏に並ぶ店の前に、紙芝居の載せられた自転車が停まっていた。その脇に、蘇芳さんがぺったりと座っている。膝に画板を載せ、筆をさらさらと動かしていた。

「やあ、彼方。見つかっちゃったか」

悪戯っ子のように、蘇芳さんは笑ってみせた。ただし、外見年齢相応の可愛らしさというものは微塵もなく、異様に落ち着いているのだけれど。

「何をしているの？」

「紙芝居を作っているのさ」

傍らにはパレットも置かれている。覗き込もうとすると、蘇芳さんはやんわりと僕の視界を遮った。

「そう、焦りなさんな。もう少しで完成するから。そしたら、真っ先に見せよう」

「えっ、いいの？」

「勿論だよ。他でもない、友達の君が必要としているのだから」

僕に今必要なのは、新居と決断力だ。前者は不動産屋さんじゃないと用意できないし、後者は僕自身の問題だった。けれど、もしかして、蘇芳さんは紙芝居で僕を元気づけようとしてくれているんだろうか。

「えっと、楽しみにしてるね」

「うん。きっと気に入るよ」

笑顔の蘇芳さんに見送られながら、路地裏の分かれ道へと入った。

幽落町は境界の町。境界さえあれば、どこからでも行ける。

境界に踏み込むと、雰囲気が変わった。池袋の騒がしさが消え、レトロな街並みが目の前に広がる。

街は、蘇芳色に染まっていた。

——黄昏と境界の街　幽落町にようこそ

アーチ状の看板が僕を迎えた。もう、すっかり馴染みの風景だ。

いつもならば、そのまま水無月堂に行くか、真夜さんが待っているアパートに向かうところだ。なのに今日は、どちらにも足が向かなかった。

爪先がやたらと重い。鉛みたいになっていた。

「あそこに行こう……」

目指すは龍頭神社の石段だ。あそこならば、一人でじっくりと考えごとができる。

アヤカシ達で賑わう商店街から逃れるように、僕は足早に道を進む。

その時、チリーンと高い音が鳴り響いた。

「今の……」

自転車のベルだ。

辺りを見回そうとしたところで、唐突に違和感に気付く。商店街を抜けたはずなのに、いきなり水無月堂の前にいたのだ。

「あ、あれ？」

店先で狸の兄弟が遊んでいた。僕の存在に気付くなり、ぱっと表情を輝かせる。

「あ、彼方お兄ちゃん、おかえりなさい！」

「おかえりなさい、おにーちゃん！」

「た、ただいま。えっと……、今日は何してたの？」

「丸とび！」

指した先の地面には、円がたくさん描かれていた。

「あの円の中をね、ケン、ケン、パッて進むんだよ」

狸の子は器用に片足でケンケンをしてみせる。

「彼方お兄ちゃん、一緒にメンコやろうよ」

「やろうよ！」

兄のほうは鮮やかに彩色されたメンコを取り出し、弟は僕の手を取り、ぐいぐいとひっぱる。

「待ってよ。手が取れちゃうってば」

思わず顔をほころんだ。

けれど、彼らとももうすぐお別れだ。それを、どう切り出せばいいんだろう。

「彼方お兄ちゃん、ちょっと、元気ない？」兄が聞いてくる。

そんなことないよ、と平静を装ったが、胸はちくちくと痛んだ。

「大丈夫だよ、彼方お兄ちゃん」

「えっ？」

「彼方お兄ちゃんはね、もう引っ越さなくてもいいんだって！」

息が止まりそうになった。

狸の子に心を読まれた衝撃と、彼らが僕の引っ越しを知っていたことで、頭が真っ白になる。

そして今、聞き逃しちゃいけないことを言われたような気がする。

「僕は……なんだって？」

「引っ越さなくていいんだって！」と兄。

「だって！」と語尾だけ復唱した弟が、ピョンピョン跳ねた。

「誰が、そんなことを？」

「水脈さまだよ。ずっとここに居ていいんだって」

「…………！」

気付いた時には、走り出していた。

敷居に躓きそうになりながらも、水無月堂の店内へと滑り込む。

「お帰りなさい、彼方君」

透明感のある、綺麗な微笑が僕を迎えてくれた。

「本日も、お勉強お疲れ様です。ご飯は食べてきたのですね？」

「う、うん。それよりも、本当なの？」

「お引っ越しの件ですか？」

「うん。その、ずっと、ここにいてもいいって……」

ええ、と水脈さんは頷く。

「ずっと考えていたのですが、やはり彼方君はここに残るべきだと思いまして」

「でも、だって」

忍さんの顔が脳裏に浮かぶ。だって常世に残ったら、浮世にはもう……。

「それに、私も寂しいのです。彼方君が居なくなった後のことを考えると、甘いものが喉を通らなくて」

水脈さんにそんなこと言われたら、もう何も言えない。肩から力が抜けていく。反論の余地もないし、する気も起きなかった。

奥の座敷から、猫目さんがひょっこりと顔を出す。

「旦那にそうまで言わせたからには、これからもずっと、住んで貰いますぜ。小生がお勧めした物件ですしね」

「猫目さん……」

「もう、浮世に戻るなんて言わせねーですから」

もごもごとふくれながら告げる様子は、照れ隠しをしているみたいだった。

水脈さんと猫目さんを、改めて見つめる。二人もまた、僕を見つめ返す。

いいんだろうか。

ここにいても、いいんだろうか。

そして、大丈夫……なんだろうか。

「いいのですよ。何も心配することは御座いません」

何も、心配することは、ない。

水脈さんがそう言うのなら、きっと、そうなのだ。いろいろ難しい問題は、僕の知らないうちに綺麗さっぱり解決したのだ。

「彼方殿」

真夜さんの声だ。「ただいま」と振り返る。

けれど、その先に待っていた光景に、僕は目を疑った。

「お帰り、彼方」

杖を手にした、年配の男性が佇んでいる。執事姿の真夜さんと仲良く肩を並べて。

「え、お祖父ちゃん……？」

「遅かったじゃないか。大学の友達と遊んでいたのかな？　それともアヤカシと戯れていたのかな？」

そこにいたのは僕の祖父、御城鼎だった。

「お祖父ちゃん、どうしてここに⁉」

「ここは、境界の街だからさ。アヤカシと死者と、思い出が集まる場所だ」

「思い出が……」

祖父は視力代わりの杖で足元を探りながら、僕の方へと歩み寄る。盲目とは思えないほど、足取りはしっかりとしていた。

「彼方。お前が苦しむことは何もない。ずっとここで、一緒に暮らそう」

「そうで御座るよ、彼方殿。こうして鼎殿も帰ってきたので御座る。またあのアパートで暮らしましょうぞ！」

「お祖父ちゃんが、帰ってきた……？」

祖父が、そっと僕の頭に触れる。

ああ。幼いころに感じた、祖父の手の感触だ。それは少しも色褪せない、思い出そのもののようだった。

「お前は、浮世に戻ることを躊躇していた。それはすなわち、お前が常世に未練を持っているということだ。ここで一年を過ごすうちに、大切な思い出が増えてしまったのだろう？」

「……うん」

「ここを出ていくということは、思い出を置き去りにすることだ。それを思うと、苦しくてたまらなかったのではないか？」

「………うん」

何でもお見通しだ。頷くことしかできない。

「そんなに苦しむ必要はない。お前のしたいようになさい。ここに居続けたいのなら、ずっと居続けていい。そうでなければ後悔するのだろう？」

祖父の言う通りだ。

幽落町から去り、浮世での生活を始める。周りには真夜さん以外のアヤカシもおらず、境界にも入れず、ケガレも見えない。僕から彼らと関わることは、もう二度とできないのだ。

それで納得できるとは到底思えない。僕はもう彼らを、常世を知ってしまった。このまま浮世に戻っても、ずっと胸にしこりが残るのではないかと感じていた。

「浮世よりも常世への未練があるのなら、常世で暮らすべきなのだ。浮世も常世も関係ない。お前は、自由なのだから」

「僕は……、自由」

「そうだ。己が留まりたいと思う場所に、存分に留まるといい。心地よい思い出の中にたゆたっていれば、もう苦しむ必要はない。お前を慕う者だって、お前が苦しむ姿を見たくはないはずだ」

「留まりたい場所に、留まる……。心地よい思い出の……中に……」

祖父の言ったことを、じっくりと反芻する。

そんな僕に、「彼方君」と水脈さんが声をかける。

「上がってくださいな。甘味はいかがです？　ちょうど餡子がありますから、あんみつでも御用意致しましょうか」

水脈さんが奥の座敷を勧めてくれる。

「全員分の座布団はねーですぜ。彼方さんは座布団なしで」と猫目さんが毒づく。

「さ、参りましょうぞ」と真夜さんが誘い、祖父は僕に手を差し伸べた。

「さあ、行こう。お前の居場所へ」

「……………」

その手を、取れなかった。

躊躇してしまった自分に驚く。祖父は見えない目で、訝しげにこちらを探った。

「どうした、彼方」

「餡子に、あんみつ……」

力強く頼もしいけど、餡子——というか羊羹に目がない、あの人。

忍さん。方相氏の忍さん。浮世から離れすぎて本物の〝鬼〟になってしまった人を思い出す。彼もまた、一度は常世に居場所を見出したはずだった。でも——。

——彼方君！

声が聞こえた気がした。水脈さんの声に似ている。

でも目の前の水脈さんは、にこにこと微笑んでいるだけだ。

胸の中に違和感が広がる。この先は、本当に僕の居場所なんだろうか。

「違う」

「彼方？」

祖父から離れるように、一歩下がる。

「お祖父ちゃんも水脈さんもおかしいよ。水脈さん、思い出を糧にして前に進めって言ったじゃないか。お祖父ちゃんだって、先に進ませたがっていたじゃないか。それなのに、思い出に浸って留まり続けることを勧めるなんて、おかしすぎるよ！」

そう、何もかもがおかしい。

すうっと、水脈さんと祖父の顔から、笑みが消える。

「真夜さんだって、自分が分からなくなるほど悲しんでもお祖父ちゃんに会えなかったのに、おかしいと思わないの？　幽落町だからって、そんな簡単に会えるものじゃないでしょ⁉」

真夜さんの表情がなくなる。座敷へ向かおうとした体勢のまま、固まってしまう。

「猫目さんだって、あんなに亡者を毛嫌いしてたのは、水脈さんの身体を気遣ってのことでしょ？　いつもだったら目の敵にするくせに、いくら僕のお祖父ちゃんとはいえ、亡者相手に不満の一つもこぼさないなんて、そんなのぜんぜんらしくないよ！」

猫目さんもまた、のっぺりと無表情になった。

全てが薄っぺらく、紙に描かれた偽物みたいに見えてくる。

「こんな都合のいい世界を、僕は求めてるんじゃない。辛(つら)くても、苦しんでも、納得するまで頑張って、先に進みたいよ！」

その瞬間、ぼっと不吉な音がした。

――炎だ。

燃え盛る炎が、一瞬にして水無月堂を包み込む。静止したままの水脈さんたちにも容赦なく火は燃え移り、天を焦がす勢いで全身を舐(な)め尽くしてゆく。

「水脈さん、猫目さん、真夜さん、――お祖父ちゃん！」

絶叫して手を伸ばす。しかし、その指先は誰にも届かなかった。


「こちらです！」

背後から、聞き慣れた声がする。

体がふわりと清涼な何かに包まれた。と同時に、白い影がゆらりと過ぎる。

龍(りゅう)だ。美しい白い龍が、僕を導くように虚空を泳いでいく。

「……水脈さん！」

ありったけの想いをこめて、その名を呼ぶ。すると片方の腕がぐいと摑まれ、僕は水無月堂の外へと放り出されたのであった。

宙を舞う感覚。その次に、どしんという重い振動が僕の臀部を襲った。

「いたたた……」

「彼方君、ご無事ですか」

心配そうに顔を覗き込まれる。そこにいたのは、綺麗なままの水脈さんだった。

「水脈……さん？　あっ、そうだ。水無月堂が！」

慌てて跳ね起きるけれど、そこに水無月堂はなかった。

黄昏の空の下、僕の目の前で燃えているものがある。紙の束だ。

炎に舐められて黒く縮んでゆく紙の残骸には、よく見れば絵の具で丁寧に彩色された水無月堂の姿があった。

「まさか……」

「あーあ。術を破られたから、紙芝居が燃えてしまった」

立っていたのは、蘇芳さんだった。黄昏色の空を背に、夕方の街の色を裏地に宿したマントをなびかせている。自転車は横倒しになり、木箱はひっくり返っていた。

「どういう、ことなの……？」

「あいつ、彼方さんを紙芝居の中に閉じ込めていたんですわ」

猫目さんが猫背をさらに丸めて、僕に耳打ちする。その後ろには真夜さんもいた。

僕がへたり込んでいるのは、幽落町の商店街の外れだった。ちょうど龍頭神社の石段の前だ。縁日の時は賑わうけど、普段は人通りが少ない。

「そうだ。僕はここを目指していたんだ。でも、自転車のベルが聞こえて……」

「紙芝居が完成したから、見せに行ったのさ」

蘇芳さんは、悪びれもせずに言った。

僕はもう一度、燃える炎の中を見た。紙芝居と思しき紙の束は、ずいぶんと小さくなっていた。火の勢いもまた、おとなしくなっていく。

「……蘇芳さんが、僕を……その、紙芝居の中に？」

「左様」と真夜さんが頷いた。

「彼方殿の身に何かが起きたと察して、拙者、水脈殿と猫目殿を呼んできたので御座るよ。そうしたら……」

真夜さんはうつむく。その言葉の続きを蘇芳さんが引き取った。

「みんな、君の名を必死に呼んでいたよ。それを見ていたら、少し申し訳ない気持ちになってしまってね。でもまさか、水脈の言葉が届くなんて。君たちは、余程強く繋がっているのだね」

妬けてしまうなぁ、と少し楽しげに付け足す。

「彼方君には、同郷の方として、神事を手伝って貰っておりますから」

水脈さんは同意を求めるように視線をくれる。僕は、静かに頷いた。

紙芝居はもう、ほとんど灰になっていた。

「あのお祖父ちゃんは、紙芝居の登場人物だったんだ……」

「か、鼎殿にお会いしたので御座るか？」

食いつく真夜さんに、苦笑を返す。「本人じゃないけどね」と。

燃え尽きそうな紙芝居を眺めながら、蘇芳さんはハンチング帽を目深に被り直す。

そのせいで、表情が窺えない。

「彼らはね。彼方、君の思い出と憂いから作り出したのさ」

「僕の思い出と、憂い……？」

「すなわち〝懐かしさ〟さ。あの頃は良かった。こうでありたかった。そんな気持ちを絵の具に混ぜて、理想の現在を作ったのだよ」

「理想……。でも、あれは……」

「訂正しよう。君にとっての〝理想〟を作ったと思った。けれど、どうやら違ったようだ。君はあの世界を否定したのだから」

蘇芳さんは肩をすくめる。

間違いとは断言できない。僕の理想は、あの紙芝居の中に確かにあった。そして、祖父にも会いたかった。

幽落町で、今までと同じように二年目を過ごしたかった。どうしても、助言を仰ぎたかったのだ。

けれど、後ろばかり振り返るのは本意ではなかった。水脈さんも祖父も、背中を押してくれる人だし、僕は前に進みたいと思っていた。自分の足で。

「いやはや、まさか失敗するとはね。この前のことといい、君には負け続けだなぁ」

蘇芳さんはのんびりと自転車を起こす。

「どうして、こんなことを?」

「決まっているだろう、彼方。私は君のことがとても好きなんだ。だから、あの時の君の友達のように、もう悩まなくてもいいようにしたかったんだよ。ま、君は彼とは、かなり違っていたようだがね」

僕の地元の友人である長谷川恭介(はせがわきょうすけ)君のことだ。彼もまた、蘇芳さんによって思い出の中に閉じ込められた。

「好きだからって拉致(らち)監禁するなんて、そりゃ犯罪ですぜ、犯罪！　しかも彼方さんのストーカーなんて、マイナーにもほどがある」

猫目さんが青年姿のまま牙(きば)を剝(む)く。聞き捨てならない台詞(せりふ)を聞いた気がするけど、今は気にしないことにした。

蘇芳さんはわずかに顔をしかめた。

「ストーカーとは酷いなぁ。それは、好意が一方通行の者のことじゃないか。彼方はね、私のことを好いてくれているんだよ。相思相愛さ」

「そ、そうなんです⁉」

猫目さんはぎょっとして、僕から一歩、距離を置いた。

「は、初耳だよ！」

「おや。好きではないのかい？　でも悩んでくれているじゃないか。別れたくないと未練を抱き、それが憂いになっている」

「未練を抱いて、憂いに……？」

猫目さんは、まじまじと僕を見つめる。真夜さんも息を呑んだ。

「彼方殿、何がどうなっているので御座るか！」

「それはこっちの台詞だよ！」

僕の知らない間に、相思相愛とか別れるとか、謎のドラマが展開されていたとでもいうのか。いやまさか。全く身に覚えがない。

そんな中、水脈さんだけが冷静だった。細い顎に手を当てて考えを巡らせている。

そして、もしかしたら……、と蘇芳さんを見つめた。

「蘇芳君。あなたは、幽落町そのものなのではないでしょうか」

「えっ？」

僕らの声が重なる。

蘇芳さんは、ハンチング帽の下から覗く口に笑みを浮かべた。

「さすがは水脈。やっぱり、君が最初に気付いたのだね」

ええ、と水脈さんは頷いた。

「その姿。幽落町の化身……、なのでしょう？　だとすれば、幽落町に来て日の浅い真夜君が、あなたを感知出来なかったのにも納得がいきます。そして、あなたが我々のことをよく知る理由も……」

「ス、ストーカーじゃねぇんですかい」

猫目さんは呆気にとられている。僕も、開いた口が塞がらない。

蘇芳さんが、幽落町の化身。

確かに、そう考えれば自然なことは幾つもあった。

僕が〝彼〟未練を抱いていて、悩みの種になっているのも、間違いではない。

だけど……。

「どうして、僕を閉じ込めようとしたの？」

「言っただろう、君が好きだからさ。君は、私にとっても欠かせないものでね」

欠かせないものとは、身に余る評価だ。でもまさか、幽落町が僕を捕えようとするなんて。

「……そっか。縁日の神事で、きっちりとケガレが祓えるようになったから……」

幽落町を訪れた当初、ここにはケガレが滞留していた。けれど、僕が神事を手伝うようになってから、ケガレが溜まることはほとんどなく、平穏な日々が続いていた。

幽落町自身もまた、ケガレの滞留をよしとしなかったのだろう。であれば、町の化身の蘇芳さんが、僕を離そうとしないのも納得できた。

「蘇芳君のお気持ちはよく分かります。ですが、彼方君のお役目は、また別の方にお願い致しましょう」

「別の子の目星はついているのかい？」

「それは……」

蘇芳さんに鋭く指摘されて、水脈さんは眉尻を下げる。猫目さんもまた、そっぽを向いてしまった。

「神事を扱う生身の人間は、何より祭神である水脈との相性が良くないといけないんだ。だからこそ猫目ジローはわざわざ、下総の民である彼方に目を付けたのだろう？でも、彼方ほど全てを素直に受け入れ、尚且つ条件の揃った人間が、そうそう、その辺に転がっているかな？」

「さ、探せばきっと見つかるはずですぜ。つーか今、絶賛探し中ですぜ。じき、彼方さんみたいにのほほんとした千葉県民が見つかるはずです！」

猫目さんは必死に抗議する。水脈さんもまた、静かに言った。

「彼方君がこちらに長くはいられないことは、ご存知でしょう？　完全に常世の子となってしまったら、神事のお勤めも出来なくなるのですよ」

言われてみれば、〝生きている人間〟だからこそ神事において真価を発揮するのであって、その条件がなくなれば、僕には利用価値がない。

蘇芳さんは黙っていた。驚かないところを見ると、彼も知っていたのだろう。

では、どうして僕を留まらせようとするのだろう。

「……水脈殿。拙者、不思議に思うので御座るが」

真夜さんは遠慮がちに手を挙げる。

「どうなさいました、真夜君」

「蘇芳殿とやらは最近になって、急に姿を現したので御座るか？」

真夜さんは近眼の人がやるみたいに、思いっきり目を凝らして言った。真夜さんらしからぬしかめっ面になっているけど、そうやって彼なりに、姿のはっきりしない蘇芳さんの姿を捉えようとしているのだろう。

「そういえば……」

「小生は最近になって、初めて会いましたぜ。それこそ、去年の大晦日に」

「私も、恭介君の一件の時に、水無月堂の前でお会いしたのが初めてです」

猫目さんと水脈さんは、僕に視線を移す。

「僕も、最近。サンシャイン前で、長谷川君と会う前に」

でも、他の二人より早く出会っている。

水脈さんは、僕と蘇芳さんを交互に見詰めた。

「なるほど……」

「洞察力の鋭い水脈は、気付いたようだね」

「幽落町の化身である蘇芳君。あなたは本来、生まれるはずではなかった。けれど、通常では有り得ないことがあって、生まれ出た存在だったのですね」

蘇芳さんは黙って、帽子を深く被り直した。

通常では有り得ないこと。思い当たる節は、一つしかなかった。

「もしかして、僕が幽落町に来た……から？」

考えてみれば僕は最初から、イレギュラーの塊だったのではないだろうか。稀にしか紛れ込まない〝浮世の者〟が、豆腐小僧の豆腐を食べて、生きながらにして常世の住人になり、契約だからと仕方なく住み続けた。

幽落町にとって、僕の存在は異質だった。

「そうだ、彼方。私にこうして人格が生まれたのは、君のお陰なのだよ」

炎がすっかり消え、紙芝居は灰になっていた。蘇芳さんは、それを丁寧に拾い集めて、魔法のようにふわりと掌(てのひら)に載せる。

「君の存在は歪(ゆが)みだった。どこかに歪みが現れれば、別のところも歪むものなのさ。折り紙で山を作れば、そこには谷もできるだろう？　つまりは……そういうことさ」

「彼方君はある意味、蘇芳君の生みの親のようなものなのですね。だからこそ、あなたは彼方君に執着していた。……いいえ」

水脈さんは首を横に振る。

「蘇芳君。あなたの本当の望みは、彼方君を閉じ込めることでは御座いません」

さあっと風が過(よぎ)る。

それは蘇芳さんの手から灰を攫(さら)い、黄昏(たそがれ)の空へと高く舞い上げた。

「…………」

蘇芳さんは黙っていた。ハンチング帽で表情のほとんどを隠したまま、水脈さんの次の言葉を待っていた。

「あなたは、遊んで欲しかったのでしょう。あなたを形にした、彼方君に」

「遊んで、欲しかった……？」

僕は唖然(あぜん)として、蘇芳さんを見やる。

一拍おいて、気の抜けたような溜息(ためいき)が聞こえた。蘇芳さんだった。

「さすがは水脈だなぁ。なんでもお見通しなのだね」

ひょいとハンチング帽を持ち上げる。

蘇芳さんの頰には、相変わらず不透明な微笑が浮かんでいたけれど、それはいつもよりずっと寂しそうなものに見えた。

「そのお姿、ずっと気になっていたのです。振る舞いは大人と変わらないのに、どうして子どもなのかと。それは……蘇芳君の、遊んで欲しいというお気持ちが表れているからではないのでしょうか」

幼い子たちを引き連れるお兄さんのようでありながら、まだまだ自分も誰かに遊んで貰(もら)いたい盛りの年齢。それが、蘇芳さんの外見だった。

「それじゃあ、もしかして、長谷川君を連れ去ったのも……」

長谷川君が昔を懐かしがっていたから、というだけじゃなく、蘇芳さん自身が遊びたかったからなのではないだろうか。長谷川君や……今は、僕と。

そう気付いた瞬間、ずっと不透明に思えたものが、澄んだ水のように見えてきた。

蘇芳さんは僕らに背を向ける。まるで、自分の心を隠そうとするかのように。

「やれやれ。見透かされるというのは、気まずいものだな。彼方の願いも叶(かな)えられなかったようだし、私は去るよ。また物言わぬ街として、諸君を見守るとしよう」

自転車の荷台に紙芝居の木箱を括り付け、ゆっくりと歩み出す。

その背中に、僕は「待って！」と叫んでしまった。

蘇芳さんは足を止め、少しだけ首をかしげて口元に笑みを刷いた。

「彼方、君に謝罪をするのを忘れていた。……すまないことをしたね。結果的に、君の美しい思い出を弄ぶことになってしまったかな」

「そ、そうじゃない。そんなことを言って欲しいんじゃなくて」

ポケットを探るが、目当てのものは見つからない。すがるように水脈さんを見やる。

「水脈さん。その、チョークって持ってる？」

「ええ」

水脈さんは、理由など聞かずに袂を探ると、懐紙にくるまれた白いチョークを取り出した。

「蘇芳さん」

チョークを手に、しゃがみ込む。

舗装された道路に、幾つも円を描いた。その中に、一から順に数字を振る。

「丸とび、しようか。僕、やるのは初めてだけど」

「彼方……」

ハンチング帽の下で、蘇芳さんが目を見開く。

水脈さんも、袂に手を入れたまま穏やかに言った。

「メンコの用意も御座いますよ。ビー玉も御座いますし。こうして、広い路(みち)があることですし、島出しをするのもいいかもしれませんね」

島出しとは、地面に描いた島の中にビー玉をいくつか入れ、離れたところから別のビー玉を当てて、島からはじき出すという遊びらしい。うまくはじいた人は、島にあったビー玉を貰えるという仕組みだ。

「旦那(だんな)の袂は、相変わらず四次元ポケットですね。ま、小生もベーゴマくらいは持ってますけど」

猫目さんは呆(あき)れたように肩を竦(すく)めると、ポケットからベーゴマを取り出す。

「あっ、ずるい。猫目さんのって、改造ベーゴマじゃない」

すかさず指摘すると、猫目さんはハンと鼻を鳴らした。

「勝てばいいんですぜ、勝てば。小生に負けるのが悔しいなら、彼方さんもベーゴマを改造すりゃいいんです」

なかなかに大人げない。

「ホント、旦那と彼方さんはお人好しで。……ま、小生もここには世話になってる身ですからね。協力くらいはしてやりますが」

ぽつりとつぶやく猫目さんに、僕は嬉(うれ)しくなって「ありがとう」と告げたけれど、

「別に、彼方さんのためじゃねーですし」とそっぽを向かれてしまった。

「ベーゴマなら、拙者も持っているで御座るよ。強いベーゴマの作り方は、鼎殿から教わり申したので御座る！」

真夜さんはジャケットの内ポケットから、ハンカチにくるまれたベーゴマを大事そうに取り出した。持たせてもらうと、ちょっと重い。

「上の模様んとこに、蠟が流し込まれてるじゃねーですか！」

ベーゴマの天の部分にはそれぞれ模様が彫られている。その溝が埋まるくらい、蠟がみっしりと詰まっていた。

「お祖父ちゃん直伝の改造ベーゴマ……」

「溝埋めの材料ならば、クレヨンも捨て難いとおっしゃられていたで御座る」

真夜さんは胸を張って得意げだ。製法を知っているということは、正々堂々と改造ベーゴマ同士で勝負をしたんだろうか。とはいえ改造ベーゴマに、正々堂々も何もないだろうけど。

「ベーゴマはさておき」

僕は蘇芳さんに向き直る。

「一緒に遊ぼう。これで足りなかったら、水無月堂にも色々とあるからさ」

どうかな？　と蘇芳さんの方を窺う。

彼はしばらく呆気にとられるみたいに、目をぱちくりとさせていた。

「……やっぱり、やめとく？」

「いいや。遊びたい。……ううん、遊ぼう！」

蘇芳さんの瞳に、幼子のような光が宿る。

びゅうと冷たい風が吹いた。ハンチング帽が突風にさらわれ、子どもみたいに頬を紅潮させる蘇芳さんの顔が明らかになった。

黄昏色のマントを脱ぎ捨て、重い自転車を置いて、蘇芳さんが駆けてくる。

その表情はびっくりするほど無邪気で、喜びと希望に満ちていた。


龍頭神社の前は、チョークで描いた記号だらけになっていた。

連なる円や不定形な島、そして星。大小さまざまな記号が並ぶさまは、ちょっとしたストリートアートだ。

「つい、夢中になってしまいましたね。道路をこんなにして、白尾に見つかったら怒られてしまう」

水脈さんはそう言いながら、なんだか楽しそうだった。

「か、改造ベーゴマで負けるなんて。小生、一生の不覚……」

「鼎殿から、投げ方も教わっておくべきで御座った……」

石段では、いい大人二人が真っ白に燃え尽きている。さらにその上の段に、少年姿の蘇芳さんがぺったりとお尻をつけて座っていた。手には先のとがったベーゴマと、蠟が流し込まれたベーゴマを持っている。戦利品二つを、誇らしげに黄昏の空へ掲げて満足げだ。

「いやぁ、実に堪能した。たまにはこちら側もいいものだね」

「蘇芳さん、いつも子供たちを集めて、楽しませる側だもんね」

僕は、路の隅っこに停められた自転車に視線を移した。木箱が括り付けられているものの、今、そこに紙芝居はない。

「私はずっと、輪の中に入りたかったのかもしれない。駄菓子を買って紙芝居を見て、その後は皆で一緒に遊ぶ。そんな子どもの姿を眺めるのが楽しかったのだけれど、そうしているうちに、少しずつ寂しさが——水脈が言う〝憂い〟が溜まっていたのかもしれないなぁ」

「紙芝居が終わってから、輪の中には入らなかったのですか？」

僕とは反対側の隣に腰掛けていた水脈さんが問うと、蘇芳さんは苦笑を漏らした。

「年を取れば取るほど、入り難くなるものだよ。どうも、遠慮をしてしまってね」

ぐったりしていた猫目さんが、視線だけこちらに寄越す。

「そんな成りなんだから、遠慮なく入っちまえばいいんですよ。彼方さんなんて、大学生にもなって狸の小僧と遊んでますぜ」

「そうだねぇ。大人げなく改造ベーゴマで勝負を挑む君もいるしねぇ」

「ぐぬぬ」

蘇芳さんにのんびりとカウンター攻撃をかまされた猫目さんは、悔しげにうめく。

「それなら、お兄さんとして遊んで差し上げればよいのですよ。年長者がいた方が、お子たちも安心しますし」

水脈さんのアドバイスに、「そうしようかな」と素直に応じて、蘇芳さんはハンチング帽を被(かぶ)り直した。

「それじゃあ、今から行こうか？　狸の兄弟なら、商店街の入り口で遊んでるかも」

僕は立ち上がる。蘇芳さんも立ち上がったけれど、「いや」と首を横に振った。

「たくさん遊んだからね。私は帰るよ。もう、充分だ」

満ち足りた笑顔。でもそれは、すぐにハンチング帽の下に隠されてしまった。

「お帰りになるのですか？」

水脈さんの問いに、蘇芳さんは頷(うなず)く。

「そうだね。鳥が鳴く前に帰らなくては。私のあるべき場所に」

マントをひらりとまとう。黄昏(たそがれ)に染まった街と同じ色の裏地が、僕らの目の前に広がった。

「あっ」

忽然と、蘇芳さんの姿は消えていた。

傍らに停まっていたはずの紙芝居の自転車もない。まるで、最初から存在していなかったかのように。

「行ってしまいましたね」

「うん……」

今この時も、蘇芳さんは僕らのことを見守ってくれているんだろうか。もしかしたら、遊び疲れて眠っているかもしれない。

「小生のベーゴマは、返して欲しかったのですがね。あれ、相当な手間がかかってるんですぜ。あーあ、真夜さんも鼎さんのベーゴマを奪われたままじゃねーですか」

猫目さんは不満顔だ。真夜さんの方はといえば、蘇芳さんがいた場所をじっと凝視している。

「真夜さん？」

「見えたので御座る……」

「なにが？」

「蘇芳殿の御姿が、ハッキリと見えたので御座るよ！　少年で御座った！」

「ああ……、ようやくですかい」

猫目さんは、やれやれと後頭部を掻く。

「あの、妙に達観した雰囲気といい、整った顔立ちといい、幼くなった鼎殿を見ているようで御座ったなぁ」

真夜さんの溜息まじりの呟きに、僕と水脈さんと猫目さんは顔を見合わせる。

「彼方さん、そうなんです？」

「い、言われてみれば、そんな気もしないでもないというか……。いや、お祖父ちゃんの幼いころなんて知らないけど」

若いころの写真なら見たことがある。なるほど、面影があるような気もしてきた。

「もしかしたら蘇芳君は、彼方君にとって懐かしいお相手を基に、姿をお作りになったのかもしれませんね」

「……そっか」

そういえば、紙芝居の中でだったけれど、亡くなった祖父にも会えた。二度と話せないと思っていたから、それがまやかしでも嬉しかった。

「鼎殿とご兄弟というわけでは……ないので御座るな……」

祖父の親友である真夜さんは、大真面目な顔で落ち込んでいる。

「あ、そうだ。真夜さん」

「うん？　何で御座るか？」

「その……、ありがとう。真夜さんが水脈さんと猫目さんを呼んできてくれなかったら、たぶん僕は戻ってこられなかった」

真夜さんは不思議そうに僕を見た。礼を言われる理由にピンときていない様子だ。

「彼方殿は拙者の大切な友人で御座るからな。ピンチの時は駆けつけましょうぞ！」

どーんと胸を張る。その熱さが、今は頼もしかった。

「友人、かぁ……」

「え。ゆ、友人ではなかったで御座るか？」

真夜さんは、にわかにオロオロし始める。

「ううん。友人だよ。真夜さんと僕は、友達」

真夜さんの顔がぱっと輝く。

そう。祖父の孫と祖父の友達ではなく、僕は僕、真夜さんは真夜さんとして、友達同士なんだ。真夜さんの笑顔が、それが偽りでないことを示していた。

黄昏の空を見上げると、星がいくつも瞬いている。空気が澄んでいるからか、いつもより星がはっきりと見えるような気がした。

「あっ」

色づいた空にすっと軌跡が走る。

流れ星だった。長い尾を引いて、でも一瞬で黄昏の帳の裏へと引っ込んでしまう。消えてしまってからでは遅いと知りながらも、僕は祈りを捧げる。

願うことは、ただ一つだ。

結局、僕の新居は西巣鴨になった。大学からも近く、池袋にも自転車で行ける。それなりに閑静だし、物価もそこそこ安いので、安心して暮らせる場所だ。

一年間お世話になった部屋に別れを告げ、ほんの少しの荷物を抱えてアパートを出る。カラーテレビなどは、あとで水脈さんたちが新居へ届けてくれるそうだ。

外階段は、相変わらず軋んでいた。もう少し暖かくなれば、階段の脇にはまたドクダミが群生することだろう。最初こそ抵抗があったけど、住んで数日であの独特な匂いに慣れてしまったのを思い出す。人間の適応力ってすごい。

水無月堂までやってくると、店先で水脈さんと猫目さんが待っていた。

建物の陰から二つの影がこちらを見ている。ぴょこんぴょこんとはみ出た耳は、狸兄弟のものだ。僕が幽落町を出ると聞いて、見送りに来てくれたんだろう。

手を振ると、小さな手を遠慮がちに振り返してくれる。弟の目が潤んでいた。兄の目も赤い。僕のために泣いてくれていたらしい。本当に……可愛い兄弟だ。

「彼方殿、大丈夫で御座るか？」

僕の顔を覗き込んだ真夜さんが、そっと声を掛けてくる。

「う、うん。なんか、貰い泣きしちゃった……」

真夜さんにハンカチを借りて、滲んだ涙をきゅっと拭った。

「お、お世話になった街で御座るからなぁ……」

「真夜さんまで貰い泣きして！　しょうがないな、ほら！」

涙ぐむ真夜さんにハンカチを返す。美形執事は、それで思いっきり鼻をかんだ。

「あーあ。いい年した連中が情けない。なぁに湿っぽい面をしてるんです」

猫目さんが、冷めた目でこちらを見ていた。

「猫目さんだって寂しいくせに……！」

「妙なことを言わないでくだせぇ。今生の別れってわけじゃあねぇんです。小生や旦那は自由にそっちに行けますし」

「ええ。近々、彼方君の新居にお邪魔したいと思っています」

水脈さんの慈愛に満ちた微笑を前に、またしても僕は泣きそうになった。鼻をすって、何とか堪える。

「そうそう。この契約書、お戻しするのが良いかと思いまして」

水脈さんが、そっと一枚の紙を差し出す。

僕がアパートに入居した時のものだ。部屋がどんな仕様か、貸主借主は誰か、そんなことを記してある。

猫目さんのクセのある文字で、こう書かれていた。

貸主は水脈さん。借主は僕。

賃料は四万円。管理費共益費は無し。敷金礼金も無し。

そして、契約期間は二年間。

……ん？

「み、水脈さん。こ、こ、これ……」

目をこすってよく見てみる。けれど、何度見ても二年間と書いてある。

「おや。……あら、まあ」

水脈さんは口に手を当てる。

「に、二年になってるで御座るよ！　猫目殿の書き間違いで御座るか？」

「んなわけねぇ！　小生が作った契約書は、ちゃんと一年間だったはずですぜ。こいつぁ、誰かが付け足したに違いねぇ。漢数字の一に一本、線を足しやがったんだ。ほら、筆跡が全然違うじゃねーですか！」

あんまりにも自然に足されていて見分けがつかないけれど、猫目さん本人が言うならそうなのだろうか。

「えっと……、あくまでも紙面の契約ですし、両者の同意の上ならば、破棄も出来ると思うのですが……」

水脈さんもかなり混乱している。

そのとき、チリンと聞き慣れた音がした。自転車のベルだ。

「やあ、水無月堂のゆかいな仲間」

「蘇芳さん！」

長い影を連れて、自転車を引いた蘇芳さんが現れた。

「どうしたんだい、彼方。そんなに驚いた顔をして」

「いや……。たっぷり遊んで満足して消えちゃったのかなと思ってて」

不思議な存在は、事を成し終えると姿を消してしまう。昔話の定番だ。

けれど、蘇芳さんはおかしそうに笑った。

「私は消えたりしないよ。幽落町の化身だしね。それに……折り紙はまだ、折られたままだろう？」

「え？　た、たしかに、僕はまだここにいるけど」

そんな蘇芳さんを、「今、取り込み中ですぜ！」と猫目さんが突っぱねる。

「契約の年数なんて、大したことではないと思わないかい、猫目ジロー？」

「大したことですぜ、大したこと。……つーか、なんで知っていやがるんだ。あっ、犯人はテメェか！」

探偵漫画の主人公さながらに、猫目さんは蘇芳さんの鼻先へ指をさす。

うん、とあっさり蘇芳さんは頷いた。

「一年を二年にさせて貰ったよ。私はまだ、彼方と遊びたいからね」

「な、なんてことをしやがるんです」

食って掛かる猫目さんをひらりとかわし、蘇芳さんは水脈さんの方を向く。

「どうしたんだい、水脈。次の入居者も決まってないんだし、問題ないだろう？」

「し、しかし、彼方君がこれ以上、常世に留まるのは……」

「人の道から外れて、アヤカシになってしまう。まあ、普通ならばね」

蘇芳さんは含み笑いをしてみせた。

「ねぇ、彼方。私はね、君たちと遊んで、とても満たされたんだ。だから一つくらいならば、奇跡を起こせる」

「え……？　き、奇跡って……」

「頭をお出し」

蘇芳さんに言われるままに、僕はしゃがんで頭を捧げた。すると、ハンチング帽を取った蘇芳さんに、こつんとおでこを重ねられた。

「御城彼方。幽落町は、君の滞在を許可し、その存在を守ろう。そして、君を常に歓迎しよう。……約束するよ」
厳かに唱えられた言葉。それが契約書みたいに、僕の頭の中で形作られていくのを感じる。全身の細胞が黄昏色に染まるような、不思議な感覚だった。

「蘇芳君、それは……」

水脈さんが息を呑む。蘇芳さんが、僕のおでこから自分の顔を離して笑った。

「ああ。彼方は浮世の住民にして、幽落町にいられるようになったのさ」

あんまり簡単に言うので、僕は思わず問い質した。

「つまり、長くいても大丈夫だし、自由に出入りできるってこと？」

「ああ」と蘇芳さんが頷く。

「ただし、幽落町限定だけどね。他の常世の街までは、私の力は及ばない」

「それで充分だよ！　やったぁ！」

夢みたいだ。僕は嬉しさのあまりその場で跳ねた。一拍遅れて事態を把握した真夜さんが、「良かったで御座るな」とハイタッチをしてくれる。

「さて、水脈。これで埋め合わせになったかな。君には随分と世話になっているからね。今後とも、よろしく頼むよ」

「こちらこそ……。ご配慮、感謝致します」

水脈さんが丁寧に頭を下げる。「やめておくれ」と蘇芳さんは苦笑した。

「これは先日の礼なんだから。借りっぱなしというのは、よくないからね」

「それなら、ついでにベーゴマも返して欲しいところですがね」

猫目さんが毒づいた。でも、ちょっと嬉しそうに見えるのは、僕の自意識が過剰になってるせいだろうか。

「やれやれ、間に合ったようですな」

そこへ、ひょっこりと現れたのは白尾さんだった。

なでつけた銀髪は遅れ毛がはみ出していて、急いで来たことが窺える。涼しい顔をしているが、息はすっかり切れていた。

白尾さんは、僕に紙の包みを差し出した。

「餞別に、稲荷寿司を作ったのです。縁日のことは我々がどうにかしますので、安心して新居へと向かってくだされ」

お稲荷さんの包みは、ずっしりとしてまだ温かかった。白尾さんの笑顔を前に、僕の罪悪感が暴れ出す。何か言おうとする前に、猫目さんがあっさり割り込んだ。

「あ、白尾のおっさん。キャンセルになったんですわ」

「ほほう、キャンセル。世の中、不測の事態はあるもので……、なにぃ!?」

白尾さんが目をひん剝く。

「ご、ごめんなさい、白尾さん。また一年、お世話になります」

僕は頭を下げる。いっそ、穴があったら土下座したまま入りたい。

「そ、それでは稲荷寿司はどうするのですか！　いや稲荷寿司なんてどうでもいい。常世に長居してはいけないのですぞ！」

「そ、それなんだけど……」

「白尾が作ったお稲荷さんを頂きながら、ゆっくりとお話ししましょうか」

水脈さんがやってきて、稲荷寿司の包みを横から受け取ってくれる。

「み、水脈殿……！　どういうことか、一から十まで説明して頂きますぞ。このわたくしが納得するまで！」

「そうですねぇ。少々長いお話になってしまうかもしれませんが」

水脈さんは、ふわりと微笑んだ。

「蘇芳君もご一緒しませんか？　白尾のお稲荷さんはとても美味しいのです。採れたての山菜がたっぷり入っているのですよ」

「朝早くに浮世の山で摘んできましたからな」と、白尾さんは急に誇らしげだ。

「それは美味しそうだ。是非、相伴させて貰いたいものだね」

「拙者は、レシピを知りたいで御座る！」

真夜さんが元気よく手を挙げた。すると白尾さんはまんざらでもない様子で、

「秘伝の稲荷寿司なのですが、仕方ありませんな。少しだけですぞ」

「白尾殿は太っ腹で御座るなぁ！　あ、そういえば猫目殿のお腹はすっかり凹んだようで、何よりで御座る！」

「うっせーですよ、みちのく執事。あれは冬毛だって言ったじゃねーですか。もともとこれっぽっちも太っちゃいねぇですって！」

猫目さんはぶつぶつ言いながら、水無月堂の奥へと引っ込んだ。真夜さんと白尾さんが後に続き、蘇芳さんもその後ろにくっついて店へと入る。

そして、僕と水脈さんが残された。

「えっと、水脈さん。これから一年……よろしくお願いします」

「ええ。こちらこそ」

水脈さんはぺこりと頭を下げる。

「また、お世話になってしまいますね」

「そ、そんな。お世話になるのは僕の方だし！」

「では、お互いさまということで。私たちは家族のようなものですから、お互いに、支えあっていきましょうね？」

家族。

その言葉に、思わず顔がほころぶ。また一年、あの古いアパートの部屋で真夜さんと暮らし、猫目さんに弄られ、水脈さんの綺麗な笑顔が見られるのは嬉しかった。

「あ、そうだ。決めちゃった西巣鴨の部屋、急いでキャンセルしなきゃ」

「そうですね。こちらも、輪入道(わにゅうどう)便と朧車(おぼろぐるま)便にご連絡をしなくてはなりません」

「な、なに、その百鬼夜行な便！」

「浮世のヤマトさんや佐川(さがわ)さんのようなものです。彼方君のお荷物と、こちらで用意したお米や乾物を、まとめて新居に送ろうと思いまして」

後者は完全に、田舎のお母さんの思いやり小包だ。

「さあ、参りましょうか」

「えっ？」

水脈さんは手を差し伸べる。僕と、僕の背後に向かって。

視線に促されるようにして振り返ると、ちょうど狸兄弟がこちらに猛突進してくるところだった。

「彼方お兄ちゃん！」

「おにーちゃん！」

どーん、どーんと容赦ないタックルが浴びせられる。「ぐえっ」と情けない声が出たけれど、何とか受け止めた。

「もしかして、浮世に行かなくても、よくなったの？」

「よくなったの？」

がっちりとホールドされて動けない。目をきらきらさせる二人に「うん」と頷く。

「もう一年いることになったんだ。二人とも、よろしくね」

「やった！　また遊べるね！」

「やったー！」

ころころと笑う子狸たちの頭を撫でてやる。それを水脈さんが微笑ましげに眺めていた。

「さあ、もう中へ入りましょう。白尾がお稲荷さんを作ってくれましたよ。それにね、お二人に紹介したい子がいるのです。一緒に遊んであげてくださいな」

僕らは水無月堂の敷居をまたぐ。中はいつにも増して賑やかで、猫目さんが手狭になった座敷から抜け出してくるところだった。

そのとき。

ひらりと、視界に落ちるものがあった。

「あ……」

掌で受け止めたそれは、風に吹かれてどこからか飛んできたのだろう、桃色の、可愛らしい桜の花びらだ。

高尾山では、今年もまた河津桜が咲くんだろうか。

不忍池は、時季になったら蓮の花が満開になるんだろうか。

季節は巡る。浮世にも、常世にも。

花火大会のあとは、奥多摩の山のあちらこちらで蟬が羽化し、秋になれば銀杏が色づいて、やがて冬がきて、狐の行列が年越しの王子の街を練り歩くんだろう。

桜の花びらが、風に溶けていく。

そして春の足音が、幽落町を満たすのであった。

余話
まつりばやし

月に一度の神事の後、御城彼方はいつもの服に着替えて、仲間のもとへと急いだ。

「お待たせ！」

龍頭神社の鳥居の下で待っていたのは、水脈、猫目、真夜、そして蘇芳だった。

蘇芳の紙芝居の箱を括りつけた自転車は、鳥居の脇に停めてある。

「遅いですぜ。小生、すっかり腹ペコですわ」

「ごめん、猫目さん。縁日で何か奢るからさ」

「おや、ずいぶんと気前がいいことで。それじゃあ、牛カルビの串焼きにしやしょう」

「なんて遠慮を知らないんだ……！」

彼方は戦慄する。そんなやりとりを、水脈と蘇芳は微笑ましげに眺めていた。

「ささ、参りましょうぞ！　焼きそばにトウモロコシ、射的や金魚すくいが待っているで御座るよ！」

執事姿の真夜が先陣をきる。すでに何度か経験しているはずなのに、未だに縁日が珍しいようで、今日もきらきらと目を輝かせていた。

月に一度、神事の日程に合わせて龍頭神社に縁日が立つ。

境内には、屋台がずらりと並んでいた。お好み焼きをジュージューと焼く音や、ベビーカステラの甘い香りが漂っている。途中、八百商店の店主——狸の八百が、太っ腹を揺すりながらラムネを売っていたので、皆で揃って購入する。買い食いは、縁日の醍醐味だ。

蒼く透けるガラス瓶を眺めながら、蘇芳がしみじみと言う。

「私はラムネが好きでね。味や炭酸の食感はもちろんのことだけど、とにかく、瓶の造形が美しい。この中に入っているビー玉もいいね。猫目ジローなんかは、ビー玉が気になってしょうがないんじゃないかい？　必死に取り出そうとしたりしてさ」

「誰がそんなガキみたいな真似を」

猫目が鼻で嗤った。

しかし、彼方はしっかり覚えている。夏場にラムネを飲んだ彼が、しきりに瓶の中のビー玉を気にしていたことを。

「どうせ、蘇芳さんには全部見られてるのに……」

「あぁん？　なんか言いました？」

「なんでもないですぅ」と彼方は口を尖らせる。

「ふふふ。いつも本当に仲良しさんですね」

水脈は嬉しげに指摘され、二人は「どこが!?」と声を揃えて抗議した。

「本物のご兄弟のようで御座る。そこに蘇芳殿が加わると、あ、あれ？　弟……？　兄……？　街……？」

「真夜さん、街って……」

まあ、間違いじゃないけど。と彼方は眉間を揉む。

「私は何でも構わないよ。しかし実際の年月を考えて、私を兄にするとしても、二人とは随分と歳が離れているなぁ」

「でしたら、そのお姿を得た時を誕生日にすればどうでしょう。お二人の可愛らしい弟になれますよ」と水脈が提案する。

「うん。それはいいね。早速だけど、彼方お兄ちゃん」

「落ち着いたトーンのままで兄呼びはやめて。弟特有の可愛らしさが皆無だよ……」

彼方はげんなりしているが、蘇芳は気にした様子もない。

「金魚すくいを見てみないかい？」と、一行を引っ張ってゆく。

金魚すくいの屋台に着くと、彼方はひょいと金魚用のプールを覗き込んだ。

腹巻姿のおじさんが、「へい、らっしゃい」と愛想よく笑う。ただし顔はムジナだ。八百らと同じく、アヤカシ店主なのだ。

「今日はとっておきの金魚を仕入れてますぜ。和金以外にも、ほれ、らんちゅうが」

「おや、らんちゅうとは珍しい。ぷくっとした可愛い子なのですよね」

水脈は顔を綻ばせる。肉瘤をたくさんつけた赤い金魚が、すよすよと泳いでいた。

「彼方君。金魚の起源をご存知ですか？」

「えっ？　う、うーん」

首を傾げる彼方に、水脈は説明を始めた。

「金魚は、中国南部に棲むフナの〝ジイ〟という子が元になっているらしいのです。突然変異の個体でして、最初は真っ赤な子が自然界で生き残っていたことで、大層驚かれたそうですよ。自然界では保護色でない子は、真っ先に襲われてしまうので」

「だよね。どうして生き残れたんだろう？」

「それは、ご本人しか分からないでしょうね……。そこで突然変異の赤い子を、大事に育てて、増やしたそうです」

「それが、今の金魚に繋がるんだ」

ええ、と水脈は頷いた。視線は金魚プールに釘づけだ。

「こちらにはおりませんが、土佐錦魚なんかも好きなのです。尾鰭がスカートのようにひらひらとしていて、可愛らしいですよ」

「うん。僕もアクアリウムで見たことがある。あの金魚は綺麗だよね。でも――」

彼方はちらりとプールの隅っこを見る。そこに、目を爛々と輝かせた猫目がいた。

「猫目殿、どうしたで御座るか？　恐ろしい顔になっているで御座るよ！」

「口を挟まないでくだせぇ、みちのく執事。小生、今、必死に己の本能と闘っているところなんですから」

猫目の視線が金魚を追う。それを見て「ああ」と蘇芳が納得した。

「魚は猫の好物だからね」

「おおっと。水脈様のところには、猫目のがくっついていたんだった。それじゃあ、やめておいた方がよさそうですねぇ」

ムジナが残念そうに告げる。水脈もまた、ガックリと項垂（うなだ）れる。

「旦那（だんな）、ご安心くだせぇ。小生、血涙噴きながらでも耐えてみせやす！」

「いいえ。ジローに無理を強いるのは本意では御座いません。金魚は、縁日の時に見るだけにしましょう」

「水脈様でしたら、いつでも冷やかし歓迎ですぜ」と、ムジナは鷹揚（おうよう）に頷いた。

「ありがとうございます」と深々と頭を下げてから、水脈は皆を連れて次の場所へと向かう。

拝殿にはまだ、ちらほらと参拝客がいた。神事に遅れてきたアヤカシ連中だ。

実は、ほとんどのアヤカシは神事の直後に参拝を済ませている。その時ならば、拝殿に水脈がいるからだ。神事のために美しく装った水脈を月に一度拝むのは、この街のアヤカシたちのひそかな楽しみでもある。

水脈は参拝客と会釈をかわし、拝殿を後にする。縁日の屋台は丁の字になるようにして、境内の左右の隅まで続いていた。

「あ、射的だ！」

彼方は射的の屋台を見つけるなり、子どものように歓声をあげて駆け寄った。大きなぬいぐるみから、小さなお菓子の箱まで、棚にずらりと並んでいる。

「ちょっとやってもいい？　今なら、昔よりも上手(うま)く撃てる気がする！」

意気込む彼方に、水脈が「どうぞ」と応じる。

「でも、ぬいぐるみさんはお顔を撃つと痛そうなので、あまり痛くなさそうなところを狙って差し上げた方が……」

「えっ、まさかの、上を狙うの禁止令⁉」

水脈は笑顔で難易度を上げてくる。当然、本人にその自覚はない。

「彼方さん、どうせだから、あのでかい猫のぬいぐるみを狙いましょうぜ」

「それがいい。ちなみに、あの赤い猫又は、交通事故で地縛霊になったというエピソードを背負っているのだよ。あと、棒状に伸ばしたチョコレートが好きらしい」

「蘇芳さん、やたらと詳しいね……」

「子どもが話しているのを聞いたのさ」

彼方は、一回分のコルク弾と射的用の銃を借りる。

「じゃ、あの赤い猫又を狙ってみる」

水脈の「彼方君、頑張ってください」という声援を受けながら、彼方はど真ん中を狙った。

「よし、いくぞ……。くらえっ」

ぼすっと赤猫の腹にコルク弾が当たる。狙いは正確だ。しかし、ぬいぐるみは微動だにしなかった。

「あー、重くて安定してるから、真ん中を狙っても動かないんじゃねぇですか？　もっと上を狙わないと」

「でも、顔に当たったっちゃうし」

「小生に貸しなせぇ」

猫目が銃を受け取る。ハンター宜しく狙いを定めると、撃った。狙いは耳だ。

「あっ」と彼方が声をあげる。ぬいぐるみがグラグラと揺れた。

だが、それだけだった。

「くそっ、マジで重いな！　こうなったら旦那。頼みやしたぜ」

「えっ、私ですか？」

水脈は戸惑いながら銃を受け取る。狙いを定めようとするものの、すぐにふるふると首を横に振って辞めてしまう。

「わ、私には、あの子を撃つなんて出来ません……！」

「大丈夫ですぜ、旦那。面構えからして、あの猫は打たれ強そうですし、コルク弾くらいなんてこともねぇです！」

「し、しかし……」

水脈は再び狙いを定める。そして、目を瞑ったまま「えいっ」と引き金を引いた。

ぽすっと弾が当たり、的が落下する。だがそれは、隣のキャラメルの箱だった。

「水脈様、大当たりー！　はい、キャラメル！」

射的屋の店番をしていたアヤカシが、キャラメルの箱を拾って渡す。水脈はすっかり小さくなって、おずおずと小箱を受け取った。

「も、申し訳ございません……」

消え入りそうな声でキャラメルの箱を撫でる。もはや、彼方と猫目に謝っているのか、キャラメルの箱に謝っているのか判然としない。

「まあ、旦那は優し過ぎますからね。けしかけた小生が悪かったですわ」

「それじゃあ、私もやってみようかな。彼を落とせばいいんだろう？　残りの三発、全部使ってもいいかい？」

蘇芳がおもむろに銃を手にする。

「随分と自信満々じゃねーですか。勝機はあるんで？」

「さあ？　でも、かたき討ちをしたいじゃないか」

蘇芳は微笑んだ。マントを払って肩にかけ、ぬいぐるみ目掛けて狙いを定める。

「頑張って、蘇芳さん！」と彼方が応援する。

「ああ、でも、お手柔らかに……」と水脈はぬいぐるみの身を案じている。

「すまないね、水脈。それはできない約束だな。まあ、彼が痛がっていたら、軟膏でも塗ってやるさ」

その言葉を合図に、蘇芳は迷わず引き金を引いた。

ぼすっと耳に当たってぬいぐるみが揺れる。

「当たりはいいけど、それじゃあ、小生と同じに……」と猫目が歯ぎしりをする。

しかし、蘇芳は揺れるぬいぐるみを一瞥もせず、次の弾丸を込めた。

ぼすっと反対側の耳に。さらにもう一発、もう片方の耳に当てる。すると、ぬいぐるみは大きく傾き、地面にぼとりと落ちた。

「やった！」

周囲の見物客からも惜しみない拍手が沸き起こる。さすがの水脈も、これには目を輝かせた。

ぬいぐるみを貰った蘇芳は、赤猫を誇らしげに高く掲げる。

「すごいじゃねーですか。どうやったんです？」

「大したことではないよ。ぬいぐるみは、猫目ジローの一発で、わずかに後ろに行っていたのさ。だったら、もっとずらしてやればいい。それに、前の揺れが残っているうちに次を撃ち込めば、揺れを大きくできると思ってね」

「なんにせよ、すごいね！　僕らのかたきを討ってくれてありがとう！」

「お見事でした、蘇芳君。……ところで、その子は痛がっておりませんか？」

水脈の言葉に、蘇芳はぬいぐるみをまじまじと眺め、こう言った。

『『このくらい、へっちゃらだニャン』って言ってるよ。強い子だね」

「それは何よりです」と水脈が胸をなでおろす。

結局、ぬいぐるみは蘇芳が持ち帰ることになった。子どもたちに「欲しい」とせがまれるまで、一緒に紙芝居をして回るのだという。

「それにしても、真夜さんはどこに行っちゃったんだろう」

彼方は、先程から姿が見当たらなくなった真夜を捜そうと、周囲を見渡す。

すると、人ごみの向こうから声が聞こえた。

「水脈殿ー！　金魚を貰ったで御座るよ！」

「えっ、ええっ？」

水脈が動揺する。嬉しい気持ちと、野性を理性で抑え込まねばならない猫目に申し訳ない気持ちが、半々に混じったような声色だ。

しかし、一行の前に現れた真夜が手にしていたのは、水に泳ぐ金魚ではなかった。

「あっ、それは……」

「飴屋さんが店を出されていたので御座る。これなら、猫目殿もうっかり召し上がらないで御座ろう！」

それは、見事な飴細工の土佐錦魚だった。鮮やかな赤と、繊細な尾鰭が巧みに表現されている。

「有難う御座います……！　これは、頂いても？」

「勿論で御座る。水脈殿には、いつもお世話になっているで御座るからな！」

水脈は受け取った金魚をいとおしげに見つめた。

「たまにはやるじゃねーですか、みちのく執事」と猫目が小突く。

珍しく猫目に褒められて、真夜は照れくさそうだ。

「それにしても素晴らしい出来映えだね。私も何か作ってもらおうかな」

「小生は、猫を作っていただきやしょうかね。小生みたいに黒くてとびきり可愛らしいのを」

「では、拙者は家を！」

「それなら、私は街かなぁ」

「真夜さん、蘇芳さん、せめて動物を頼んであげようよ……」

彼方が控えめにツッコミを入れた。

楽しげに笑いさざめきながら、彼らは飴屋へと向かう。

黄昏(たそがれ)の空に祭囃子(まつりばやし)が響いている。縁日は、まだまだ続くのであった。

本書は書き下ろしです。

幽落町(ゆうらくちょう)おばけ駄菓子屋(だがしや)　春(はる)まちの花(はな)つぼみ

蒼月海里(あおつきかいり)

角川ホラー文庫　Hあ6-5　19517

平成27年12月25日　初版発行

発行者――郡司 聡
発　行――株式会社KADOKAWA
東京都千代田区富士見2-13-3
電話(03)3238-8521(カスタマーサポート)
〒102-8177
http://www.kadokawa.co.jp/
印刷所――暁印刷　製本所――本間製本
装幀者――田島照久

ISBN978-4-04-102816-2 C0193

角川文庫発刊に際して

角川源義

第二次世界大戦の敗北は、軍事力の敗北であった以上に、私たちの若い文化力の敗退であった。私たちの文化が戦争に対して如何に無力であり、単なるあだ花に過ぎなかったかを、私たちは身を以て体験し痛感した。西洋近代文化の摂取にとって、明治以後八十年の歳月は決して短かすぎたとは言えない。にもかかわらず、近代文化の伝統を確立し、自由な批判と柔軟な良識に富む文化層として自らを形成することに私たちは失敗して来た。そしてこれは、各層への文化の普及滲透を任務とする出版人の責任でもあった。

一九四五年以来、私たちは再び振出しに戻り、第一歩から踏み出すことを余儀なくされた。これは大きな不幸ではあるが、反面、これまでの混沌・未熟・歪曲の中にあった我が国の文化に秩序と確たる基礎を齎らすためには絶好の機会でもある。角川書店は、このような祖国の文化的危機にあたり、微力をも顧みず再建の礎石たるべき抱負と決意とをもって出発したが、ここに創立以来の念願を果すべく角川文庫を発刊する。これまで刊行されたあらゆる全集叢書文庫類の長所と短所とを検討し、古今東西の不朽の典籍を、良心的編集のもとに、廉価に、そして書架にふさわしい美本として、多くのひとびとに提供しようとする。しかし私たちは徒らに百科全書的な知識のジレッタントを作ることを目的とせず、あくまで祖国の文化に秩序と再建への道を示し、この文庫を角川書店の栄ある事業として、今後永久に継続発展せしめ、学芸と教養との殿堂として大成せんことを期したい。多くの読書子の愛情ある忠言と支持とによって、この希望と抱負とを完遂せしめられんことを願う。

一九四九年五月三日

幽落町おばけ駄菓子屋

蒼月海里

妖怪と幽霊がいる町へようこそ

このたび晴れて大学生となり、独り暮らしを始めることになった僕——御城彼方が紹介された物件は、東京都狭間区幽落町の古いアパートだった。地図に載らないそこは、妖怪が跋扈し幽霊がさまよう不思議な町だ。ごく普通の人間がのんびり住んでいていい場所ではないのだが、大家さんでもある駄菓子屋“水無月堂”の店主・水脈さんに頼まれた僕は、死者の悩みを解決すべく立ち上がってしまい……。ほっこり懐かしい謎とき物語！

角川ホラー文庫

ISBN 978-4-04-101859-0